Annette Naumann

Dein Leben dein Wunschkonzert

In 6 Schritten zu mehr Leichtigkeit und Lebensfreude.

Ein Buch über Selbstfindung und Dankbarkeit.

ANNETTE NAUMANN

DEIN *Leben* DEIN *Wunsch* KONZERT

In 6 Schritten zu mehr Leichtigkeit und Lebensfreude.
Ein Buch über Selbstfindung und Dankbarkeit.

IMPRESSUM

2. Auflage 2023

Kniga Verlag
Pestalozzistraße 25
22305 Hamburg

Covergestaltung: Wolkenart Marie-Katharina Becker,
www.wolkenart.com

Lektorat: Isabelle Romann

Text: Annette Naumann

Web: www.dein-wunschkonzert.com
www.annette-naumann.com

Mail: info@annette-naumann.com

ISBN Ebook: 978-3-910385-20-7
ISBN Softcover: 978-3-910385-21-4

DIE AUTORIN

Annette Naumann ist Heilpraktikerin für Psychotherapie und arbeitet in eigener Praxis in Frankfurt/Neu-Isenburg sowie am Berliner Institut für moderne Psychotherapie.

Sie ist Coach und Mentorin, Autorin und Vortragsrednerin, Expertin für Angst/Panik/Trauma, Burnout und alle Themen rund um die Adoption.

Ursprünglich als Therapeutin angetreten, um Menschen bei einem angstfreien Leben zu unterstützen, fand sie heraus, dass der Fokus auf großartige Ziele nicht nur Angst und Panik verschwinden lässt, sondern ganz nebenbei durch bestimmte Methoden zu einem selbstbestimmten und großartigen (Er-) Leben führt. Dieses Wissen und das ist ihre Mission möchte sie mit so vielen Menschen wie möglich teilen.

Sie ist verheiratet, hat zwei Söhne und eine Bonustochter.

So bleibst du verbunden:

Sei Teil der Community!
Facebook: Annette Naumann
Instagram: annette_naumann_ffm

Die Autorin ist für Lesungen, Vorträge und Workshops zu buchen.

INHALT

ÜBERSICHT ALLER ÜBUNGEN, IMPULSE UND EXPERIMENTE

ÜBERBLICK SYMBOLE

Damit du einen guten Überblick hast, verwende ich in diesem Buch verschiedene Symbole.

Beispiele

Hier beschreibe ich anhand von Beispielen aus meiner Praxis, wie es verschiedenen Klienten ergangen ist. Wir lernen nämlich besonders leicht durch Storytelling bzw. Erfahrungen von anderen.

Übungen

Die Übungen sind etwas umfangreicher als die Impulse, und du benötigst dafür Schreibutensilien. Vorlagen zu den Übungen findest du auf unserer Website als Download.

Impulse

Bei den Impulsen gibt es nicht immer sofort etwas zu tun. Manche Impulse sind Gedankenanstöße, andere kannst du zu einem für dich passenden Moment anwenden und ausprobieren.

Experimente/ Studien

Alle Experimente und Studien sind mit diesem Symbol gekennzeichnet und dafür da, ein Thema noch besser zu veranschaulichen.

Zitate

Hier findest du Zitate verschiedener Personen oder aus anderen Veröffentlichungen.

Downloads

An diesem Symbol erkennst du, dass du weiterführende Inhalte oder Vordrucke auf meiner Website ***https://www.dein-wunschkonzert.com*** findest.
Das Passwort findest du im Bereich *„Zugangsdaten Downloadbereich"*.

Für all die wunderbaren Menschen da draußen,
die in ihrem tiefsten Inneren spüren, dass eigentlich mehr
möglich sein müsste.

Mehr Freude, mehr Leichtigkeit, mehr Lebenslust.

Ihr habt recht! Es ist möglich!
Und mit ein bisschen Anleitung und Ausdauer geht es ganz leicht!

EINLADUNG

Liebe Leserin, lieber Leser,

zuerst einmal danke für Ihr Vertrauen und wenn wir gerade bei Vertraulichkeit sind: Wollen wir uns duzen?

Ich schreibe dieses Buch so, als würde ich es für meine beste Freundin oder meinen besten Freund schreiben, und versichere dir, dass dieses du immer respektvoll und wertschätzend gemeint ist. Außerdem wird es dich, wenn du es in der *„DuForm"* liest, viel stärker und auf einer tieferen Ebene ansprechen.

Womöglich liest du gerade nur deshalb dieses Vorwort, weil du herausfinden möchtest, ob dieses Buch das Richtige für dich ist und dir einen echten Mehrwert bieten kann. So oder so will ich dich nicht länger auf die Folter spannen:

Du kennst sicher den Spruch: *„Das Leben ist kein Wunschkonzert!"* Ich weiß inzwischen, dass es das doch ist, und erlebe dies in meiner Praxis für Psychotherapie, Coaching und Mentoring auch immer wieder. Darum ist mein Anspruch nicht mehr und nicht weniger, als dir in diesem Buch Wege und Werkzeuge an die Hand zu geben, wie du dir selbst den Himmel auf Erden bereiten kannst!

Klingt verrückt?

Wenn ich eines im Laufe der Jahre in meinem eigenen Leben und bei meiner Arbeit mit anderen Menschen gelernt habe, dann, dass es niemals die Umstände sind, die uns das Leben versauen, sondern immer nur – und immer wieder – wir selbst. Nur wir selbst machen uns das Leben zur Hölle.

Zugegeben, nicht alle Menschen bekommen die gleichen guten Karten bei ihrer Geburt. Manche erhalten ein besseres Blatt, und andere Karten sind tatsächlich richtig mies. Vielleicht macht uns das eine Weile zum Opfer. Aber irgendwann sind wir erwachsen, und nur wir selbst können die Opferrolle abstreifen, selbst das Ruder in die Hand nehmen. Es ist ein bisschen wie auf einem Boot, draußen auf einem der großen Weltmeere. Wir können weder Wetter noch Wellengang bestimmen, sind aber unumstritten Kapitän an Bord! Jahrzehntelang habe ich mich gefühlt, als sei ich auf einer kleinen Nussschale den Naturgewalten hilflos ausgeliefert, weil ich keine Ahnung hatte, dass ich selbst vieles in der Hand haben könnte. Wir können zum Beispiel lernen, Seekarten zu lesen, um Untiefen, gute Wege und Abkürzungen zu kennen. Wir können das Wetter zwar nicht ändern, aber viel darüber lernen, wie wir am besten die Segel setzen. Wir können unsere Crew aussuchen, alle auswechseln, die unzuverlässig sind, andauernd nur herummeckern, und ersetzen durch richtig gute Leute. Wir können dann entscheiden, ob unsere Crew so genial ist, dass wir mitten durch den Sturm in den sonnigen Süden segeln, oder auch, aus welchen Gründen auch immer, dass wir einfach mal faul im Hafen herumhängen. Wir können so vieles jederzeit selbst steuern, weil wir das Ruder in der Hand haben. Wir können sogar das Ruder mal für eine Weile abgeben. Aber es ist unser Boot, nein, nicht unser ..., sondern dein Boot, deine Crew, deine Entscheidung, dein Leben!

Ich reite deshalb so auf der Selbstbestimmung herum, weil es so wichtig ist, zu verstehen, dass wir immer Wahlmöglichkeiten haben. Wenn ich eines als Traumatherapeutin begriffen habe, dann, dass es Menschen überhaupt nicht ertragen können, das Gefühl zu haben, einer Situation hilflos ausgeliefert zu sein. Das ist ein wirklich traumatisches Erlebnis, das Spuren hinterlässt. Zunächst im Gehirn und dann – wie ein fieses Echo – immer und immer wieder als mehr oder weniger *„geheime"* Dramen in unserer Realität. Du glaubst vielleicht jetzt noch, dass all diese Dramen passieren, weil du eben ein armes Schwein bist.

Nope! Du bist kein armes Schwein. Ich weiß nicht, wie ich das diplomatisch ausdrücken soll, ohne es mir gleich von Anfang an mit dir zu verscherzen. Daher gebe ich zunächst ganz offen zu, dass ich selbst sehr, sehr lange in der Opferrolle ausgeharrt habe, bis ich kapiert habe, dass ich immer wieder die Dramen suchte oder sogar selbst inszenierte. Klingt schräg, ist aber total natürlich und hat etwas mit dem Filtersystem und der Biochemie des Gehirns zu tun. Warum der Mensch in der Regel so tickt, erkläre ich in einem der später folgenden Kapitel über das Gehirn.

Ich bin der festen Überzeugung, dass Vertrauen in beide Richtungen fließen sollte. Daher möchte ich auch etwas über mich erzählen.

Ich wurde in eine sozial schwache, typische Berliner Plattenbaufamilie hineingeboren. Meine Eltern waren beide Alkoholiker, und wenn es irgendetwas im Überfluss in meiner Ursprungsfamilie gab, dann war es Mangel: Mangel an Geld, Mangel an Sicherheit, Mangel an Stabilität, Mangel an Hoffnung und sogar Mangel an Verständnis, weil alles so mangelhaft war, dass jeder nur noch seinen eigenen Hintern an die Wand bringen konnte.

Vom Jugendamt wurde ich recht früh aus der Familie herausgenommen und in einem katholischen Nonnenheim untergebracht. Mit etwas über einem Jahr kam ich in einer liebevollen, gutbürgerlichen Familie unter, die mich im Alter von zweieinhalb Jahren dann auch adoptieren durfte. Vom Kopf her habe ich das zwar immer als große Chance betrachtet, in mir drin wuchs das Gefühl des Mangels jedoch weiter. Ich wollte immer so gerne dazugehören und fühlte mich doch regelmäßig so, als wären alle anderen drinnen und ich stünde draußen – wie vor einer Glaswand. Als hätte ich keinen Zugang zum Glück. Natürlich gab es viele kleine, großartige Momente, und nach außen hin schien ich selbstbewusst und zielstrebig. Aber in mir drin war immer eine unstillbare Sehnsucht. Ich wusste gar nicht genau, wonach. War irgendwie immer ein wenig rastlos, ständig auf der Suche. Ich wollte einfach toll, irgendwie bedeutend sein. So dringend gesehen und wertgeschätzt werden, dass ich mich ständig verbogen habe und keine Ahnung hatte, wer ich wirklich war und was ich wirklich wollte. Außer eben gesehen zu werden.

Ich hatte sehr lange Zeit Probleme mit Partnern, weil ich einfach nicht vertrauen, nicht bedingungslos lieben konnte. Das Schlimmste, das habe ich – verdammte Axt – erst Anfang 40 gecheckt, wäre es für mich gewesen, erneut verlassen zu werden. Also habe ich lieber selbst verlassen.

Im Job war ich engagiert. Ich dachte, wenn ich nur hart genug arbeiten würde, erfolgreich und angesehen genug wäre, würde ich dieses Gefühl auch endlich irgendwann in mir selbst spüren können. Na ja! Was soll ich sagen? Es war nie genug. Von außen betrachtet vermutlich schon. Aber in mir drin hat es sich lange nicht so angefühlt.

Dir als mitfühlender Leser wird das vielleicht nahegehen, aber ich versichere dir, ich bin nicht bemitleidenswert, ich bin gesegnet!

Dadurch habe ich viel über mich, das Leben und die potenziellen Werkzeuge zur Installation deines persönlichen Wunschkonzertes gelernt. Ja, ich habe zwischendurch immer mal wieder gelitten wie ein Hund, ich habe alle möglichen Irrwege beschritten, die mir rückblickend manchmal heute noch ziemlich peinlich sind. Aber all das hat mich befähigt, jetzt genau der Mensch zu sein, in dem ich mich sauwohl fühle, und genau das Leben zu führen, das ich wirklich führen will.

Viele Menschen kennen diesen Spruch: *„Du musst nicht alles glauben, was du denkst."* Als ich das wirklich verstanden hatte, hat sich mein komplettes Leben verändert. Ich habe mein komplettes Leben verändert! Ich habe Schritt für Schritt mein Fühlen verändert. Weil ich kapiert habe, dass ich das kann. Unsere Emotionen sind nichts anderes als die chemischen Abfallstoffe unserer Gedanken. Wirkliches Verstehen, das habe ich ebenfalls gelernt, beginnt zwar im Kopf, schließt allerdings erst dann ab, wenn es auch als Gefühl im Körper ankommt. Der Spruch war mir von der logischen Seite her sofort klar. Aber es hat tatsächlich eine ganze Weile gedauert, bis ich das bis in die letzte Zelle meines Körpers auch spüren konnte.

Du bist vermutlich jemand, der gerne gibt. Jemand, der empathisch ist und schon ganz viel in seinem Leben erreicht hat, trotzdem aber bisher noch nicht das Gefühl hatte, wirklich anzukommen. Du bist ein treuer und zuverlässiger Freund, bist immer für andere da und nimmst dich häufig zurück, weil das eigentlich kein Problem für dich ist. Du trägst nicht nur deinen eigenen, manchmal schweren Rucksack, sondern, ohne mit der Wimper zu zucken, auch gerne mal den von anderen. Das letzte Leckerli auf der Frühstücksplatte überlässt du deinem Partner. Deine Freunde schätzen dich als guten und klugen Zuhörer und benutzen dich – ich sag' es mal grob – vielleicht sogar manchmal als seelischen Mülleimer. Du hast schon einen Haufen großartiger Projekte realisiert, und andere klopfen dir dafür sogar auf die Schulter? Da bin ich sicher! Aber selbst wenn dir hundert Menschen sagen, dass du klug und erfolgreich bist, bereitet dir der Mensch Kopfschmerzen, der an irgendeinem Punkt Kritik an dir übt. Oder diese eine Sache, die – von außen betrachtet eher ungewöhnlich für dich – mal nicht ganz so gut gelaufen ist. Du hast das Gefühl, dass du – egal was du auch tust – einfach nicht genug bist. Vielleicht sagen dir Freunde, dass du attraktiv bist, und in irgendeiner versteckten Ecke deines Bewusstseins weißt du das sogar. Aber du kannst es nicht fühlen. Du siehst nicht nur an dir selbst – egal ob äußerlich oder innerlich – überall Baustellen, sondern (er-)findest grundsätzlich Dinge, die unbedingt verändert, optimiert, verbessert werden müssen. Vielleicht projizierst du deinen *„Veränderungswahn"* auch auf das Außen, bist ständig am

Umziehen, Umbauen, am Umräumen. Vielleicht schaffst du es nicht, in einer guten Beziehung anzukommen, und suchst dir Partner, die dich bremsen oder einengen. Eventuell äußert sich das auch (nur) im Job. Du suchst dir ständig neue Projekte, gibst alles, und am Ende bleibt für dich dann doch wieder nur das Gefühl der Leere. Die innere Unruhe steigt, und irgendwas treibt dich an, immer weiterzumachen.

Bitte verstehe mich nicht falsch. Ich respektiere und schätze dich und verneige mich sogar vor deinem Veränderungswahn. Du bist damit eine tragende Säule unserer ständig wachsenden Gesellschaft. Die Frage ist nur, wie es dir damit geht. Und wie lange willst du dir diesen Stress noch geben?

Ich bin kein Hellseher und maße mir ganz sicher nicht an, dich mit all deinen Facetten zu kennen. Aber eines ist klar: Du hast dieses Buch gefunden, weil du die Schnauze voll hast, nicht mehr ständig *„draufzahlen"* willst, sondern wirklich etwas verändern möchtest. Weil du endlich in dir und deinem Leben ankommen und dazu auch das entsprechende Gefühl wahrnehmen willst.

Ich lade dich daher nun ein, das Buch offen im Geist zu lesen und die Übungen durchzuarbeiten, selbst wenn dir das ein oder andere Thema, die ein oder andere Übung und einige Impulse schon geläufig sind.

Du kannst die Übungen auf einem Notizzettel erledigen oder dich unter dem Link https://www.dein-wunschkonzert.com einloggen und die entsprechenden Arbeitsblätter herunterladen. Das Passwort findest du im Anhang unter *„Zugangsdaten Downloadbereich"*.

Das Zusammenspiel aus Verstehen, den praktischen Übungen und Impulsen führt zum gewünschten Erfolg. Es ist ein bisschen wie bei einem exquisiten Rezept. Nur, dass es hierbei keine geheime Zutat gibt!

Du wirst in diesem Buch einiges über das Gehirn lernen und vermutlich ganz viel über dich selbst, weil ich mit dir gemeinsam und aus einer anderen Perspektive auf dich, dein bisheriges Leben und dein zukünftiges Traumleben schauen werde.

Heute – und ich bin echt stolz darauf – lebe ich tatsächlich genau das Leben meiner Träume. Ich bin seit zwölf Jahren glücklich verheiratet und lebe in einer vertrauensvollen und noch heute – auf die schöne Art – aufregenden Partnerschaft. Ich übe den Beruf meiner Träume aus, kann dabei Menschen inspirieren und unterstützen und verdiene, nebenbei gesagt, gutes Geld damit. Außerdem darf ich ständig Neues lernen, und das bereitet mir ebenfalls große Freude. Ich kann meine Freizeit – ich nenne das gerne Inselzeit – voll und ganz und ohne schlechtes Gewissen genießen. Meine Grenzen und Werte habe ich erkannt und stehe für sie ein. Last, but not least: Ich fühle mich absolut zufrieden und wertgeschätzt. Angekommen in meinem Leben.

In diesem Buch werde ich einiges über mich und meinen oft schwerfälligen Weg zu meinem *„Wunschkonzert"* erzählen und auch über Beispiele von Klienten und Patienten berichten, um auf entspannte und spielerische Art deinen Geist zu dehnen. Echtes Verstehen kommt manchmal nicht mit Pauken und Trompeten, sondern kleckerweise und leise. Die vielen kleinen Aha-Momente, praktischen Übungen und Impulse führen dazu, dass du dein Leben Schritt für Schritt anders wahrnimmst. Dich selbst anders erlebst.

Auf einmal trauen wir uns, von der Opferrolle in die Täterrolle zu wechseln. Ein Täter muss kein schlimmer Mensch sein. Täter tun was! Zum Beispiel übernehmen sie Verantwortung für sich selbst, ihre Gedanken, ihre Gefühle und, ja, eben auch für ihre Taten.

Dort, wo gestern noch Ängste, Probleme und Schwierigkeiten waren, entstehen auf einmal Chancen, Optionen, Möglichkeiten. Und plötzlich gehen an Stellen Türen auf, wo du vorher nicht mal Türen erahnt hast.

Ich bin zwar ein spiritueller Mensch, doch ich mag auch Zahlen und Fakten. Daher ist es mir eine Freude, dir im Laufe des Lesens auf leichte Art verständlich zu machen, dass das Gehirn nichts anderes als ein Instrument ist und unsere Wahrnehmung auf Biochemie beruht. Wenn wir wollen, dass ein Instrument wohlklingende Töne erzielt, dann brauchen wir nicht nur einen guten Lehrer, sondern vor allen Dingen Übung. Dieses Buch hat den Anspruch, nicht nur leicht verständlich zu sein, sondern auch zu Übungen anzuleiten, die Freude bereiten. Denn Freude ist immer der Schlüssel, die Brücke, die uns das Wagnis eingehen lässt, den nächsten Schritt zu gehen.

Das Gehirn mag Veränderung nicht sehr gern. Es funktioniert mit Strom, und Veränderungen kosten deutlich mehr Energie als alte, eingefahrene Mechanismen. Da es eine der vordringlichsten Aufgaben des Gehirns ist, Strom zu sparen, ist dem Gehirn die vertraute Hölle tausend Mal lieber als der unbekannte Himmel.

Hast du Lust, deinen dir jetzt vielleicht noch unbekannten Himmel kennenzulernen?

Ja? Okay! Dann lass uns loslegen!

Ich freue ich mich wahnsinnig, dich eine Weile auf einer großartigen Schatzsuche nach deiner inneren Glückseligkeit und bei der Installation deines „*Wunschkonzerts*" begleiten zu dürfen.

HERZLICHST

deine Annette

VORWORT
VON HERMANN SCHERER

Ich erinnere mich noch genau an den Tag, als ich Annette Naumann kennenlernte und wir ins Plaudern kamen. Sie stellte sich als „*Installateurin*" vor, und ich muss gestehen, dass ich vermutlich einen Moment lang etwas irritiert dreingeschaut haben muss, denn Annette grinste vergnügt.

Ich mag interessante Menschen und Geschichten, und meine Neugier war geweckt.

Und so erzählte mir Annette ihre berührende Geschichte:

Von ihrem langen Weg, ständig auf der Suche nach Wertschätzung und Anerkennung, begleitet von Selbstzweifeln und depressiven Phasen bis hin zu Ängsten und Panikattacken. Der großen Sehnsucht, endlich anzukommen und der ständigen unbewussten Selbstsabotage beim Erreichen dieser Ziele.

Vor mir stand jedoch eine ganz andere Frau. Eine selbstbewusste, authentische und erfolgreiche Frau, die vor Lebensfreude und Enthusiasmus nur so sprühte!

Sie erklärte mir auf überzeugende, leichte und humorvolle Art, wie sie es geschafft hatte, zu dem Menschen zu werden – der Installateur ihres eigenen Wunschkonzerts, der Regisseur ihres eigenen wunderschönen Movies – der hier vor mir stand, und dass sie dieses Wissen nun mit der Welt teilen wolle.

Wer mich kennt, weiß, dass ich Erfolg liebe. Und es noch mehr liebe, andere Menschen erfolgreich zu machen. Annette Naumann liebt es nicht nur, andere Menschen glücklich zu machen, sondern vielmehr, ihnen zu zeigen, auf welche Art sie sich selbst glücklich machen können, wenn sie nur lernen, ihr Instrument Gehirn richtig zu spielen.

Dabei möchte ich sie mit diesem Vorwort unterstützen, denn nichts scheint uns Menschen bei unserem gefühlten Erfolg im Leben mehr zu behindern als Zweifel, Ängste und Hoffnungslosigkeit. Und seit Corona noch viel mehr!

Die meisten scheinen ihr Leben nicht zu leben, zumindest nicht diese Version ihres Lebens zu leben, von der sie eigentlich mal glaubten oder hofften, angetreten zu sein, um sie tatsächlich in die Realität umzusetzen. Menschen, die durch Zweifel und Angst dominiert werden, finden oftmals nicht den Platz, an dem sie zu Hause sind. Und mit zu Hause ist nicht das geografische, sondern vielmehr das mentale Zuhause, das Mindset, gemeint, was es gilt, in die richtige Richtung zu bewegen. Deshalb bleiben viele hinter den Zielen, die sie eigentlich erreichen könnten, zurück. Deswegen werden viele nicht die beste Version, die sie werden können, sondern bleiben irgendwo im Mittelmaß stecken. Annette Naumann ist sich sicher: Das kann und darf nicht sein! Denn jeder Mensch hat das Geburtsrecht, die eigene Wunschperson zu sein, die eigene Lebensschablone in den schönsten und buntesten Farben auszumalen.

Annette steht für Fakten, ist jedoch auch überaus feinfühlig für das Unsichtbare, löst die Dinge, die nicht sichtbar, aber dennoch vorhanden sind, und schafft damit Potenzial für ein Leben am positiven Limit. Und ihr internationaler Erfolg gibt ihr recht, denn ihre Klienten kommen von überall her, um zu lernen, wie sie selbst Installateur ihres eigenen Wunschkonzerts werden können, und damit ein Leben zu leben, von dem sie vor der gemeinsamen Arbeit mit Annette meistens noch nicht mal träumen konnten.

Dieses Buch ist Wegweiser und Werkzeugkoffer in einem, eröffnet neue Horizonte, indem es das Sichtbare, aber auch das Unbewusste anspricht, und zeigt anhand von anschaulichen Beispielen aus der Praxis, gut anwendbaren Übungen und Impulsen, wie mit ganz viel Freude und Leichtigkeit die

Installation des eigenen Wunschkonzertes gelingt.

Dem eigenen Leben in der schönsten und freiesten Version!

Mit allen guten Wünschen

Hermann Scherer
Bestsellerautor, Berater, Redner

DAS UNBESCHRIEBENE BLATT

DEHNUNGSÜBUNGEN FÜR DEN GEIST UND EINE FETTE INVESTITION IN DEIN TRAUMLEBEN

Wenn dein Leben ein weißes Blatt wäre, du ein unbeschriebenes Blatt wärst und du die freie Wahl hättest: Was würdest du tun wollen und wer wärst du dann? Wie würdest du leben? Was würdest du erleben? Wer wärst du in deiner schönsten und freiesten Version?

Diese Worte sprach ein weiser Mann, eine Mischung aus Coach und Guru vor vielen Jahren zu mir, und ich werde diese Worte niemals vergessen. Heute nutze ich sie regelmäßig bei der Arbeit mit meinen Klienten und Patienten. Aber damals war ich ziemlich am Ende. Ich fühlte mich ausgebrannt. Der Job ödete mich an und stresste mich gleichermaßen. Meine Beziehung war kompliziert, und mein Körper streikte in Form von Rückenproblemen, die mich kaum noch schlafen ließen. Ich war so frustriert zu dieser Zeit, dass ich am liebsten nur noch den Kopf in den Sand stecken wollte. Ich wollte nicht mehr arbeiten gehen, dachte jedoch, ich sei *„nicht krank genug"*, um zu Hause bleiben zu können. Daher ließ sich mein Körper zunehmend spannende Dinge einfallen, bis ich wirklich, wirklich arbeitsunfähig war.

Zu diesem Zeitpunkt hatte ich nebenberuflich eine recht gut laufende Coachingpraxis und eine Festanstellung in Teilzeit. Ich war freigestellte Vorsitzende im Betriebsrat, und meine Kollegen wandten sich gern auch außerhalb meiner Arbeitszeiten Hilfe suchend an mich. Als Betriebsrätin bekam ich zunehmend das Gefühl, nichts
„ausrichten" zu können. Permanent meinte ich, das, was ich eigentlich zu Geschäftsführern oder leitenden Angestellten sagen wollte, herunterschlucken zu müssen. Meine Frustration wuchs in gleichem Maß wie meine Anspannung, und irgendwann konnte ich tatsächlich – diesmal körperlich betrachtet – nicht mehr schlucken. Mein Hals erschien mir eng und trocken, und wann immer ich Nahrung zu mir nahm, schien mir regelmäßig etwas im Hals stecken bleiben zu wollen. In meiner Coachingpraxis wandelte sich die Klientel, und immer häufiger kamen Menschen mit Burnout-Symptomen und Ängsten, die ich als Coach ja gar nicht behandeln durfte!

Ich wusste eigentlich gar nichts mehr, außer dass ich echt am Boden war. In diesem Moment beschloss ich, mir Hilfe zu suchen und so lange mein einziger und wichtigster Klient zu sein, bis ich ...

Ja, was eigentlich genau? An dieser Stelle wurde mir klar, dass ich ein ganz konkretes und messbares Ziel brauchte.

Daher überlegte ich mir zuerst, was meine wichtigsten Werte sind. Dann legte ich den Istzustand (*auf einer Skala von 0 = nichts, tiefstes Tief bis 10 = nicht bloß siebter, sondern zehnter Himmel*) fest. Zu diesem Zeitpunkt war mein Geist noch nicht sehr offen, und ich tat mich schwer, in wirklich großen und freien Dimensionen über mich selbst zu denken.

Das änderte sich jedoch – Schritt für Schritt – als ich meinen Geist zu dehnen begann.

HIER NUN ÜBUNG 1 FÜR DICH:

Es handelt sich um acht Fragen, die aufgrund meiner Erfahrung mit unzähligen Klienten den Geist perfekt öffnen und dehnen.

Mache es dir bequem und nimm dir richtig viel Zeit dafür.

Auch wenn du es jetzt noch nicht so recht glauben kannst: Die Beantwortung dieser Fragen ist eine fette Investition in deine Zukunft.

Denke so groß und so frei wie möglich!

1. Deine Werte haben etwas mit deiner Geisteshaltung und deiner Weltanschauung zu tun. Manchmal kann uns ein überzogener Wert jedoch auch ausbremsen. Welches sind aktuell für dich wichtige Werte im Leben?

Werte können z. B. Vertrauen, Freiheit, Dankbarkeit, Mitgefühl, Abenteuer, Sicherheit, Erfolg etc. sein.

Falls dir die Ideen ausgehen, darfst du zur Inspiration gerne im Anhang spicken. Dort findest du eine Liste aller bisher definierten Werte.

Du kannst diese Übung auf einem Notizzettel erledigen oder dich unter dem Link https://www.dein-wunschkonzert.com einloggen und das entsprechende Arbeitsblatt dort herunterladen. Das Passwort findest du im Anhang unter *„Zugangsdaten Downloadbereich"*.

Notiere in der linken Spalte, untereinander, mindestens 15 Werte, ohne groß über diese nachzudenken.

Meine Werte	Wichtigkeit	Gelebter Wert
z. B.: Freiheit	z. B.: 8	z. B.: 4

In der mittleren Spalte notierst du, wie wichtig dir diese Werte sind (0 = *unwichtig = von Liste streichen bis 10 = extrem wichtiger Wert für mich, ohne den ich nicht leben will).*

In der rechten Spalte notierst du dann, wie sehr du diesen Wert aktuell lebst (*0 = nicht mal ein kleines bisschen bis 10 = ich habe diesen Wert zutiefst verinnerlicht und lebe ihn in jeder Sekunde).*

2. Nur mal angenommen, du hättest keinerlei Ängste, wärst mutig, voller Tatendrang, und eine gute Fee hätte dir kürzlich versichert, dass von nun an all deine Vorhaben von Erfolg gekrönt sein würden. Was würdest du tun?

   z.B.: Ich würde, wenn alles möglich und von Erfolg gekrönt wäre ...

3. Stelle dir vor, eine reiche, aber unbekannte Erbtante hätte dir ein kleines Vermögen von fünf Millionen Euro hinterlassen. Wie würdest du dann leben?

   z.B.: Mit fünf Millionen auf meinem Konto würde ich Folgendes machen ...

4. Stelle dir nun vor, eine Bedingung dieser unbekannten Erbtante wäre, dass du zunächst sechs Monate lang nur Dinge tust, die dir wirklich Spiel, Spaß und Freude bereiten. Was würdest du in dieser Zeit tun?

   z.B.: Echte Freude bereitet mir ...

5. Wer oder was würde dich an diesem Leben hindern? Und wie würde es sich anfühlen, wenn du genau diese Hindernisse überwunden hättest?

   z.B.: Wären vielleicht meine Freunde neidisch, und ich würde mich einsam fühlen. Aber wenn meine liebsten Freunde mich und mein Vorhaben unterstützen würden, wäre das ...

6. Welche Arbeit würde dir die größte Freude bereiten? Und wie würde es sich anfühlen, wenn du damit Erfolg hättest und gutes Geld verdienen würdest?

   z.B.: Wenn ich wirklich mal frei spinnen darf, dann würde ich folgende Arbeit tun ...

7. Wie würde sich eine ideale Beziehung mit deinem Traumpartner anfühlen und welche gemeinsamen Werte würden euch besonders zusammenschweißen?

   z.B.: Meine ideale Beziehung mit meinem Traumpartner wäre ...

8. Stell dir nun vor, du wärst 99 Jahre alt, und es wäre an der Zeit, würdevoll Abschied zu nehmen. Abschied von deinem großartigen Leben und den dich liebenden Menschen, mit denen du gemeinsam noch einmal die schönsten Stationen und Momente deines Lebens betrachtest. Was für Menschen wären das an deiner Seite? Welches die unvergesslichen Momente? Wen und was würdest du nicht missen wollen? Worüber bist du besonders froh, es gewagt zu haben?

Wenn du magst, findest du hierzu die geführte Meditation *„Rückschau auf mein gutes Leben"* im Downloadbereich auf der Website. Das Passwort findest du im Anhang unter *„Zugangsdaten Downloadbereich"*.

> *Z. B.: Wenn ich 99 Jahre alt wäre und nun würdevoll Abschied nehmen wollen würde, dann würde ich mich besonders über ... freuen und ...*

Wenn du alle Antworten notiert hast, dann schau dir bitte noch einmal deine in Frage 1 notierten Werte an. Welche Werte sind oder wären förderlich zur Erreichung deiner Träume? Vielleicht stehen dir manche (z. B. zu viel Mitgefühl oder zu viel Sicherheit) sogar im Weg?

Du darfst das nun einfach so stehen und wirken lassen. Wir kommen zu einem späteren Zeitpunkt darauf zurück.

Aber jetzt mal ganz unter uns: Hast du dieses leichte Kribbeln im Bauch gespürt, während du groß und weit gedacht hast?

Verschwende keinerlei Gedanken über das Wie. Das ergibt sich, wenn du das Instrument Gehirn noch besser spielen kannst, Schritt für Schritt und auf spielerische Art quasi von ganz allein.

DAS MENSCHLICHE GEHIRN – TEIL 1:

DIE WAHRNEHMUNG UND DAS FILTERSYSTEM – WARUM DEIN GEHIRN FAUL IST UND DIR ZUNÄCHST DEIN WUNSCHLEBEN VEMIEST

Du hast im letzten Kapitel etwas über dich, deine Träume und deine Werte gelernt. Zur Abwechslung geht es in diesem Kapitel darum, das Instrument Gehirn etwas besser kennenzulernen.

Lust auf ein Mini-Experiment?
Dann schließe doch bitte mal für einen Moment ein Auge und schaue mit dem anderen Auge weiterhin auf den Text. Hat sich etwas verändert? Siehst du vielleicht ein Loch im Text? Oder zumindest eine Art schwarzen Fleck auf der Buchseite?

Nein?

Wirklich nicht?

Das sollte dich vielleicht etwas misstrauisch bezüglich deiner Wahrnehmungsfähigkeit machen, denn ich garantiere dir: Auf deiner Netzhaut ist ein solches Loch! Die Netzhaut ist falsch herum aufgebaut, mit den Sinneszellen nach innen und den Nervenfortsätzen, dem Licht zugewandt, nach außen. Sie benötigt dieses Loch, durch das die gesammelten Nervenbahnen, ein bisschen wie ein Kabelkanal, die visuellen Informationen in Richtung Gehirn schicken. Doch niemand nimmt dieses Loch, diesen schwarzen Fleck im Sichtfeld wahr, weil das Gehirn die Lücke auffüllt und uns eine heile Welt vorgaukelt.

Wir waren schon immer begeistert von der Leistungsfähigkeit des menschlichen Geistes. Wie toll wir uns lange zurückliegende Erinnerungen merken können, wie gut wir Farben und Muster erkennen! Inzwischen ist jedoch klar, sagt Peter Alkai, Psychiater an der Universitätsklinik Göttingen: *„Nicht alles, was wir mit unseren Sinnesorganen wahrnehmen, ist auch tatsächlich Realität."* Ob es die Realität überhaupt gibt, erörtern wir in einem anderen Kapitel. Aber zunächst möchte ich ein weiteres praktisches Beispiel zum Ausblenden des Bewusstseins von John Dylan-Haynes vom Bernstein Center for Computational Neurosciences in Berlin aufzeigen: *„Wenn jemand ganz kurz das Licht ausschaltet, dann merken wir das natürlich. Aber wenn wir blinzeln, dann merken wir nicht, dass die Wahrnehmung kurz ausgeschaltet ist. Weil das Gehirn selbst den Befehl zum Blinzeln gibt, kann es auch den kurzen Ausfall des Blickfeldes vorhersagen – und ignorieren. Das Bewusstsein wird einfach umgangen."*

Noch vor geraumer Zeit glaubten wir, unsere Wahrnehmung sei ein *„direktes Fenster"* zur Realität. Es erschien demzufolge logisch, dass (siehe Abb. 1 links) hauptsächlich Informationen von den Sinnesorganen zum Gehirn fließen, also von unten nach oben (bottom-up), während die von oben, also vom Gehirn nach unten, an den Körper gerichteten Signale lediglich der Verfeinerung der Zusammenhänge dienen sollten.

Heute wissen wir: Das Gehirn ist eine Vorhersagemaschine. Der Hauptteil der Wahrnehmungstätigkeit erfolgt (siehe Abb. 1 rechts) durch von oben, vom Gehirn nach unten gerichtete Signale (topdown), die Vorhersagen über die Wahrnehmung liefern. Der zum Gehirn gerichtete Strom der Sinneseindrücke dient nur dazu, diese Prognosen zu verfeinern und angemessen mit ihren realen Ursachen zu verbinden.

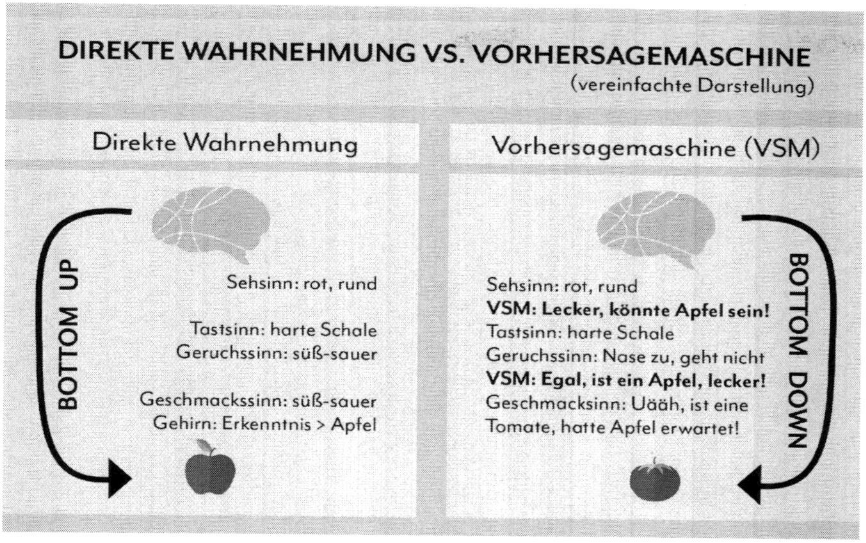

Abb. 1: Das Gehirn als Vorhersagemaschine (in Anlehnung an Farinella/Scientific American in Seth, 2020)

Aber nicht nur über den eigenen Körper, sondern auch über die Außenwelt macht das Gehirn permanent Vorhersagen – und das mithilfe des retikulären Aktivierungssystems.

In jedem Moment prasseln unzählige Eindrücke auf uns ein. Die Schätzungen gehen weit auseinander. Früher sprach man von ungefähr 800 000 Informationen pro Sekunde. Die heutigen Schätzungen gehen von ungefähr elf Millionen bis zwei Milliarden Eindrücken pro Sekunde aus. Wir nehmen diese Eindrücke über unsere Sinnesorgane auf. Wir sehen, hören, riechen, schmecken, fühlen sie sozusagen. Und dann wollen all diese Eindrücke auch noch bearbeitet werden, um daraus für uns verständliche Informationen zu erstellen. Das klingt sehr arbeitsintensiv.

Ich kann mir richtig vorstellen, wie das Gehirn irgendwann gemault hat: *„Leute, ich habe keinen Bock mehr! Immer habe ich die ganze Arbeit! Wir brauchen neue, schlankere Prozesse!"* Das Gehirn funktioniert mit Strom und hat eine vordringliche Aufgabe: nämlich Strom zu sparen. Darum hat es eine Art Filtersystem installiert. Dieses Filtersystem, ein Netzwerk aus spezialisierten Zellen des Gehirns, wird retikuläres Aktivierungssystem (kurz RAS) genannt und hat die Sisyphusarbeit übernommen, den ständig ankommenden Datenstrom vorab so zu filtern, dass nur noch für dich relevante Informationen durchgelassen werden. Grundsätzlich relevante Informationen sind

- *lebenswichtige Informationen,*
- *neue Informationen und*
- *stark emotionale Informationen.*

Klingt toll, hat aber entscheidende Nachteile, da das System nicht objektiv entscheidet, sondern von teilweise veralteten Überzeugungen und Glaubenssätzen, Erziehung, Bildung und Trieben beeinflusst wird.

Jede Information, die nicht mindestens eine dieser drei Kriterien erfüllt, gelangt nicht weiter ins Gehirn, wird nicht wahrgenommen, sondern sozusagen weggefiltert, ausradiert. Das, was du wahrnimmst, wird zu deiner Realität, und das, was du nicht wahrnimmst, gibt es nicht in deiner Welt.

Wenn wir also glauben, wir sind *„es"* nicht wert, dann ist das ein Glaubenssatz, der absolut kontraproduktiv ist, da uns unser Filtersystem jedes Mal nur höchst emotionale Informationen zukommen lässt, die diesen Glauben bestätigen. Wertschätzung von anderen, egal wie viele Menschen sie uns auch entgegenbringen mögen, können wir gar nicht spüren, weil diese in unserer Realität nicht ankommt.

Oder ein anderes Beispiel: Wenn jemand glaubt, er sei *„vom Pech verfolgt"*, dann *„verfolgen"* ihn lediglich sämtliche negativen, höchst emotionalen und vielleicht sogar lebensbedrohlichen Informationen, die dazu führen, dass derjenige immer ängstlicher und unsicherer wird. Vor kurzer Zeit hat er womöglich eine beträchtliche Summe im Lotto gewonnen und könnte theoretisch die *„neue"* Erfahrung machen, dass er eigentlich ein Glückspilz ist. Doch der Glaube, dass er vom Pech verfolgt ist, lässt das Glücksgefühl nicht zu und führt vielleicht stattdessen sogar dazu, dass er sich noch mieser fühlt, weil er ja nun nicht mal mehr wissen kann, wer seine wahren Freunde sind oder er sich einen riesigen Druck macht, weil er ja etwas *„Anständiges"* mit dem gewonnenen Geld anfangen muss. Vielleicht glaubt er sogar, weil er so ein Pechvogel ist, dass das *„Schicksal"* nun an anderer Stelle umso härter zuschlägt und er nun eine lebensbedrohliche Krankheit bekommen könnte. Da er das glaubt, sieht er (sein RAS) nun plötzlich überall Menschen, die quasi über Nacht schrecklich und unaussprechlich krank geworden sind, achtet immer mehr auf seinen gefühlt schneller werdenden Puls und fühlt sich immer elender.

Oder, oder, oder … Du verstehst, wie der Hase läuft?

Das klingt erst mal frustrierend, aber tatsächlich hast du es – auch hier – selbst in der Hand und kannst dein RAS quasi pimpen oder updaten auf deine neue Wunschfilterversion! Cool, oder?

Aus meiner Praxis:

Sandra war 23 Jahre alt, als sie mit Panikattacken und Depressionen zu mir kam. Ihre Mutter war zeitlebens depressiv, und die Therapeutin, bei der Sandra seit ihrem zehnten Lebensjahr in Behandlung war, erklärte ihr, dass Depressionen vererbbar seien und sie sich mit ihrer Krankheit arrangieren sollte. Sandra ging dreizehn Jahre lang wöchentlich zu ihrer Therapeutin, baute einen engen Kontakt zu ihr auf, vertraute ihr zunehmend. Die Therapeutin war ihre Stütze. Sie konnte ihre Symptome zwar nicht beheben, ihr dafür jedoch eine gewisse Struktur und Sicherheit geben. Die Sicherheit – so elend es Sandra auch ging – dass zumindest ihre Therapeutin immer für sie da war. Allerdings verankerten sich die Gefühle von Traurigkeit, Einsamkeit und Schuld über die Jahre ganz tief in Sandras Gehirn. Sie hatte wenig Selbstvertrauen, fühlte sich wertlos und war häufig einfach nur müde und erschöpft von allem. Das Schlimmste an ihrer Situation war, dass sie wirklich glaubte, dass sich das – egal was sie auch versuchen würde – niemals ändern würde. Sie konnte – das, was alle Kinder versuchen – ihrer geliebten Mama nicht helfen und begann nun auch immer mehr zu realisieren, dass sie sich nicht einmal selbst helfen konnte. Realisieren bedeutet, dass Sandras RAS ihr regelmäßig traurige Situationen zeigte, denen sie nichts entgegenzusetzen wusste, weil es diese Möglichkeiten in ihrem Kopf nicht mehr gab! Sie fühlte sich also nicht nur minderwertig und schuldig, sondern es manifestierte sich immer mehr der Glaube, diesen schrecklichen Gefühlen ihr ganzes Leben lang hilflos ausgeliefert zu sein.

Als Sandra älter wurde und ihre Situation sich nicht nur nicht verbesserte, sondern gefühlt immer schlimmer wurde, kamen dann zu der Depression auch noch Panikattacken hinzu. Rückblickend ein Segen! Denn nun war ihr Leben so unerträglich geworden, dass Sandra aufgrund des Leidensdrucks begann, ihre Situation immer mehr zu hinterfragen und neue Wege zu suchen.

Sandra war von der ersten Sitzung an total aufgeschlossen und wissbegierig. Das Ausbrechen aus der Lethargie gelang ihr deshalb leichter, weil ihr Leben zu diesem Zeitpunkt für sie so schrecklich und unerträglich war, dass sie alles getan hätte – und auch getan hat – um ihre Situation zu verbessern. In der ersten Sitzung haben wir viel darüber gesprochen, wie das Gehirn funktioniert und warum sich Depression und Ängste immer mehr generalisieren. Allein das Erkennen, das Verstehen, die vielen, kleinen Aha-Erlebnisse wirkten wie Balsam auf Sandras geschundener Seele. Sandra war lange Zeit und vor unseren gemeinsamen Sitzungen hoffnungslos gewesen. Hoffnungslosigkeit führt direkt in die Depression. In dem Moment, in dem Menschen Hoffnung spüren, werden – biochemisch betrachtet – in ihrem Hirnstamm bestimmte Zentren aktiviert, die dann Opioide, also quasi hirneigene Drogen, ausschütten, was zu diesem wohlig entspannten Gefühl der Hoffnung führt. Hoffnung ist ein wesentlicher Bestandteil des menschlichen Überlebens; daher werde ich in einem gesonderten Kapitel mehr darüber berichten.

Sandra begann immer mehr zu verstehen, veränderte durch die Imaginationstechnik (Übung 4), zu der wir später kommen, das Filtersystem ihres Gehirns und realisierte nun immer mehr, dass sie handlungsfähig ist, Situationen also tatsächlich verändern oder verlassen kann. Ihr RAS zeigte ihr zunehmend schöne und hoffnungsvolle Momente, und so begann sich Sandras Leben und Erleben um 180 Grad zu drehen. Heute arbeitet sie als Kinderund Jugendcoach und gibt ihre Erfahrungen auf professionelle Weise weiter, was ihrem Leben – und dem einstmals gefühlten Leid – einen Sinn und ihr damit noch mehr Freude gibt.

Aus meiner Praxis:

Petra war 44 Jahre alt, als sie in meine Praxis kam. Sie fühlte sich ausgebrannt, erschöpft und traurig, weil sie einfach keine längerfristige, gute Beziehung zu einem Partner aufbauen konnte. Und jetzt wurde sie zu allem Übel auch noch immer dicker und unattraktiver! Immer wieder *„entpuppten"* sich die Männer, mit denen sie zusammen war, als *„unzuverlässige Idioten"*. Irgendwann würde sie jeder hängen lassen. Dabei tat sie doch eigentlich immer alles für ihren Partner. So wie ihre Mutter wolle sie nie werden! Ihre Mutter, in den 1980er Jahren alleinerziehend mit drei Kindern, sei zwar eine starke, aber auch sehr harte Frau gewesen, die sich und ihre Kinder mit einem Vollzeitjob und zwei Putzstellen finanziell über Wasser gehalten habe. Über ihren Vater wisse sie nicht viel, der habe sich nie um sie und die Geschwister gekümmert, und deshalb sei ihrer Mutter dann auch nie ein neuer Ehemann ins Haus gekommen. Petra glaube so einen Schwachsinn zwar nicht wirklich, aber von außen betrachtet sehe es fast so aus, als läge auf den Frauen in ihrer Familie ein Fluch. Schon die Großmutter sei damals von ihrem Mann verlassen worden. Gut, der sei im Krieg gestorben, aber das Ergebnis sei das Gleiche gewesen, nämlich eine alleinerziehende (Groß-)Mutter mit drei kleinen Kindern. Deswegen wechselte Petras Mutter, vorsichtshalber, nachdem sie von ihrem Mann sitzen gelassen wurde, ihre Liebhaber regelmäßig. Und das fast so häufig wie andere Leute ihre Unterhosen. So ein Leben wolle Petra nicht für sich. Schon als kleines Mädchen wusste Petra, dass sie später einmal finanziell erfolgreich sein würde. Außerdem wollte sie einen wirklich lieben Ehemann, auf den sie sich verlassen können würde, und lieber nur ein Kind, um das sie sich gut kümmern wollte.

Petra lernte (ihr RAS also genau genommen), dass Männer *„unzuverlässig"* sind, und hatte riesige Angst davor, ebenfalls verlassen zu werden. Sie (ihr RAS) fand daher immer irgendwelche potenzielle Anzeichen, dass genau das passieren würde. Ihren Partnern saß sie in ständiger Habachtstellung im Nacken und machte ihnen regelmäßig irgendwelche Szenen. Im Job gab sie immer alles, sagte auch dort niemals Nein und machte viele Überstunden. Den wollte sie nicht auch noch verlieren. Vor lauter Frust und Selbstverachtung futterte sie abends auf dem Sofa bergeweise Chips und Schokolade.

Auch Petra verstand recht schnell, warum sie so tickte, und sie begann mit den Mentalübungen. In Bezug auf den Job (Abgrenzen und Neinsagen) funktionierte das auf Anhieb. In Bezug auf die Partnerschaft gelangen ihr die Übungseinheiten anfangs noch nicht sehr gut, da sie sich nicht mal vorstellen konnte, wie sich eine vertrauensvolle Beziehung anfühlt. Sie schaute also zunächst alle möglichen Filme und Serien, in denen es um Liebe und Partnerschaft ging, da es ihr leichter fiel, sich in gute Beziehungen von anderen Frauen hineinzufühlen. So lernte sie zuerst, das Gefühl *„nachzufühlen"*, zu reproduzieren. Im nächsten Schritt ging es darum, dieses Gefühl mit ihrem Selbst in Verbindung zu bringen. Allein die Vorstellung, voller Vertrauen zu sein, ängstigte sie noch eine Weile, weil sie dann ja nicht merken würde, wenn jemand sie *„bescheißen"* würde. Nachdem sie regelmäßig eine spezielle *„Traumreise"* machte, gelangen ihr die Mentalübungen deutlich leichter.

Die Traumreise „Öffne dich voller Vertrauen allen guten Möglichkeiten, die sich dir bieten" findest du im Downloadbereich auf der Website. Das Passwort findest du im Anhang unter „Zugangsdaten Downloadbereich".

Vor ein paar Wochen erreichten mich ein schon etwas zerdellter Blumenstrauß und eine Karte. Auf dieser Karte stand:

Liebe Frau Naumann,

ich bin nun seit zweieinhalb Jahren mit Frank zusammen. Frank hat eine vierjährige Tochter aus erster Ehe mitgebracht, und ich kann ihr eine liebevolle Bonusmutter und Frank eine gute und vertrauensvolle Partnerin sein. Wir haben gestern geheiratet! Diese wunderschönen Blumen waren mein Hochzeitsstrauß und sind der Beweis, dass auch ich es geschafft habe, und zugleich ein Dankeschön an Sie!

Von Herzen Ihre Petra

Ich könnte Dutzende weiterer Beispiele beschreiben. Aber ich bin sicher, dass du das System dahinter verstanden hast. Auch diese Informationen kannst du nun erst einmal so stehen lassen. Ich vermute mal, dass dein Unterbewusstsein längst *„angesprungen"* ist.

SCHÖPFER DEINES UNIVERSUMS, BALANCE UND LEBENSPHASEN

Im letzten Kapitel haben wir über das Filtersystem des Gehirns gesprochen, wie es dich und dein (Er-)Leben manipulieren kann. In diesem Kapitel geht es nun erst einmal um eine Bestandsaufnahme deines aktuellen Lebens. Denn zu einem *„guten Leben"* gehört auch eine gewisse Balance.

Ein ausbalanciertes Leben zu führen ist eine der größten Herausforderungen unserer westlichen Welt. Wir erbringen dann die besten Leistungen, wenn wir zufrieden und ausgeglichen sind. Wenn wir jedoch regelmäßig Stress mit unserem Partner haben, sinkt auch unser Potenzial im Job. Wenn wir uns aber im Job total verausgaben, könnte es sein, dass wir keine Energie mehr für Freizeit und Familie erübrigen können. Und dann kracht es natürlich auch irgendwann in der Partnerschaft. Richtig kreativ sind wir dann, wenn wir auch unserem Gehirn öfter mal Pausen schenken und uns Tätigkeiten widmen, die uns das Gefühl von Leichtigkeit und Freude schenken.

Ich bin – ohne dass das ketzerisch klingen soll – der Schöpfer meines Universums.

Das Universum Annette besteht aus unterschiedlichen Planeten. Da gibt es zum Beispiel den *Planeten Gesundheit*. Einer nennt sich *Planet der Liebe und Freundschaft*. Einer heißt *Planet Spiel und Spaß*. Und dann gibt es noch den *Planeten Arbeit*.

Aktuell läuft es auf dem *Planeten Arbeit* großartig bei mir. Jedes Mal, wenn ich in einem tollen Projekt stecke oder in einer Sitzung bin, blende ich vor lauter Flow alle anderen Planeten aus. Allerdings stecke ich manchmal so tief drin im Arbeitsplaneten, dass ich die anderen Planeten vernachlässige. Meine Partnerschaft ist mir sehr wichtig, deshalb hege und pflege ich den *Planeten Liebe und Freundschaft* intensiv. Da ich – wie alle anderen Menschen auch – aber nur 24 Stunden am Tag zur Verfügung habe, kommen die *Planeten Spiel und Spaß* und *Gesundheit* in solchen Phasen regelmäßig zu kurz.

Wenn ich also genau jetzt den Zustand meines Universums bewerten sollte, dann würde das ungefähr folgendermaßen aussehen:

Der *Planet Arbeit* bekäme volle 100 Prozent von mir. Die Welt der Liebe würde ich aktuell mit 85 Prozent bewerten. 85 Prozent deshalb, weil mein Partner zu Recht bemängelt, dass ich zu viel arbeite, mich zu wenig um mich selbst kümmere und wir gerade auch gemeinsam zu wenig schöne Dinge unternehmen. Die Welt der Gesundheit sieht aktuell nicht schlecht, aber auch nicht wirklich gut aus. Schon allein deshalb, weil ich derzeit viel zu wenig Bewegung habe, zu lange am Schreibtisch sitze und ich (das ist mir peinlich, aber ich erzähle es trotzdem) regelmäßig irgendwelchen ungesunden Müll in mich hineinstopfe, weil ich zu geizig mit meiner Zeit bin, um für mich etwas Gesundes zu essen zuzubereiten – und das, obwohl ich eigentlich gerne koche! Ich würde den Zustand meines *Planeten Gesundheit* daher mit aktuell 55 Prozent bewerten. Mein *Planet Spiel und Spaß* schneidet derzeit noch mieser ab. Ich gehe momentan so sehr im Schreibprozess auf, dass ich selbst bei den regelmäßigen Gassirunden mit unserer Hündin Lotta über die aktuellen Kapitel und deren Struktur nachdenke. Gestern hat mich eine liebe Freundin gefragt, ob wir uns diese Woche abends zum Essen treffen wollen. *„Frag mich in zwei Wochen noch mal"*, habe ich geantwortet mit Blick auf den Fertigstellungstermin der ersten Rohfassung des Buches. Ich bewerte diese Welt also zurzeit nur mit 25 Prozent und bräuchte deutlich mehr Inselzeit. Mir ist natürlich klar, dass Balance in gewisser Weise ein Mythos ist. Denn Balance ist nicht an einem Tag X festzumachen. Balance stellt sich auf lange

Sicht ein, und es wird immer mal Phasen geben, in denen wir uns mehr um das eine oder das andere kümmern werden. Das hat natürlich auch etwas mit der persönlichen Lebensphase zu tun.

Bei meiner Recherche habe ich festgestellt, dass es unendlich viele Untergliederungen dieser Phasen gibt.

Lucius Annaeus Seneca beispielsweise, ein römischer Philosoph, Naturforscher und Politiker, ging von zwei großen Lebensphasen aus. Bei Aristoteles, einem griechischen Philosophen und Schüler Platons, waren es drei Lebensphasen. Pythagoras – wer kennt ihn nicht? – dagegen meinte, es gäbe vier davon, und Hippokrates und Shakespeare glaubten, auch wenn sie natürlich zu völlig unterschiedlichen Zeiten gelebt haben, es seien sieben Phasen. Der Psychoanalytiker Erik H. Erikson beschreibt acht solche Phasen und Herausforderungen in seinem *„Stufenmodell der psychosozialen Entwicklung"*. Und der 1992 verstorbene Bernhard Lievegoed, Sozialökonom und Anthroposoph, beschäftigte sich seit 1946 mit den unterschiedlichen Entwicklungsphasen und teilte diese in Sieben-Jahres-Schritte auf,wobei es vier Hauptphasen gibt:

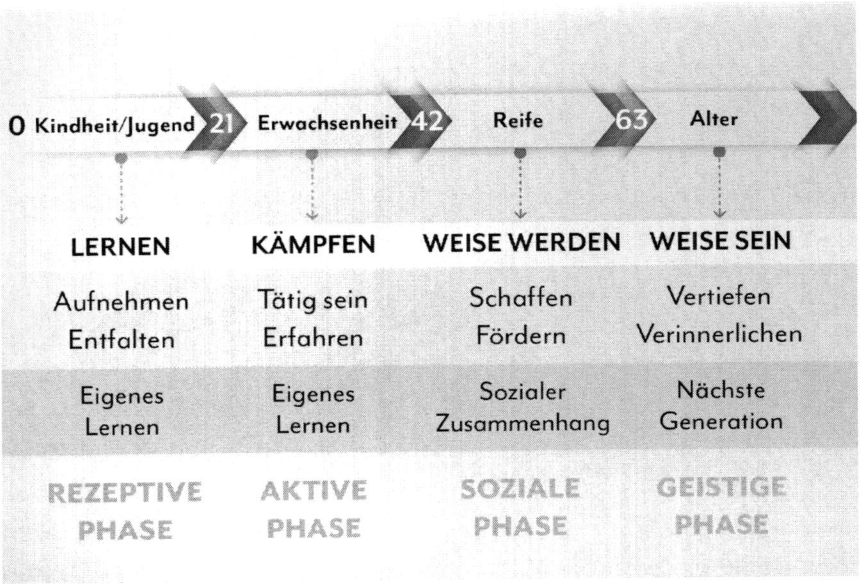

Abb. 2: Die vier Hauptphasen des NPI/Trigon-Lebensphasenmodells (in Anlehnung an Lievegoed in Trigon, 2019)

Wenn du Lust hast, mehr über die einzelnen Lebensphasen zu erfahren, oder dir Psychotests einfach Spaß machen, kannst du – jetzt oder später – zum Anhang gehen und dort den Selbsttest „*Lebensphasen*" machen, um herauszufinden, wo du gerade stehst.

Im Grunde genommen geht es aber lediglich darum, zu verstehen, dass unterschiedliche Lebensphasen eben unterschiedliche Bedürfnisse und Herausforderungen mit sich bringen, die Einfluss auf unser Universum haben.

ÜBUNG 2: ZUSTAND DEINES UNIVERSUMS

Du kannst diese Übung auf einem Notizzettel erledigen oder dich unter dem Link https://www.dein-wunschkonzert.com einloggen und das entsprechende Arbeitsblatt dort herunterladen. Das Pas wort findest du im Anhang unter *„Zugangsdaten Downloadbereich"*.

Wie würdest du aktuell den Zustand deines Universums bewerten? Hier noch ein paar Gedanken zu den unterschiedlichen Planeten:

Planet Gesundheit: Dass Gesundheit wichtig ist, wissen wir alle. Mit *„Gesundheit"* meinen wir eine körperlich und geistig gute Verfassung. Ob und wie wichtig Sport für dich ist, kannst nur du selbst beurteilen. Für mich ist Sport inzwischen schon allein deshalb wichtig, damit ich keine Rückenschmerzen bekomme und einigermaßen entspannt neben unserem jungen Hund herjoggen kann. Für manche Menschen ist es unheimlich wichtig, schlank zu sein. Noch anderen ist die seelisch, emotionale Gesundheit am wichtigsten. Du entscheidest selbst, was für dich Gesundheit bedeutet und wie du diese aktuell einschätzt.

Planet Gesundheit – Istzustand aktuell	%
Ich möchte den Zustand meines Planeten verbessern auf	%
Ich weiß, dass der Zustand meines Planeten nicht optimal ist, entscheide jedoch bewusst, dass derzeit andere Planeten wichtiger sind für mich. Ich schaue mir das Thema erneut an am: (Wenn du magst, trag dir den Termin in deinen Kalender ein.)	

Vielleicht notierst du dir einen Gedanken oder kurzen Satz dazu.

Planet Liebe und Freundschaft: Auch Liebe definiert jeder Mensch anders. Für die einen ist Familie das Allerwichtigste. Andere können mit ihrer Ursprungsfamilie weniger anfangen und haben ihre Freunde zu ihrer Ersatzfamilie auserkoren.

Liebe gibt es in den unterschiedlichsten Ausprägungen: von zärtlicher Zuneigung, über knisternde Erotik, hin zu freundschaftlicher Liebe und tiefer Vertrautheit und Verbundenheit. Es gibt die Liebe zu dem einen Seelenpartner, die Liebe zu den Kindern, zu den Eltern und zu Tieren. Was bedeutet Liebe für dich und wie ist es um deinen Planten Liebe bestellt?

Planet Liebe und Freundschaft – Istzustand aktuell	%
Ich möchte den Zustand meines Planeten verbessern auf	%
Ich weiß, dass der Zustand meines Planeten nicht optimal ist, entscheide jedoch bewusst, dass derzeit andere Planeten wichtiger sind für mich. Ich schaue mir das Thema erneut an am: (Wenn du magst, trag dir den Termin in deinen Kalender ein.)	

Vielleicht notierst du dir einen Gedanken oder kurzen Satz dazu.

Planet Spiel und Spaß: Erinnerst du dich noch, als du ein Kind warst und mit Gummistiefeln durch tiefe Pfützen gestapft bist? Weißt du noch, wie du Sandkuchen gebacken hast? Vielleicht hast du dich einfach so – und obwohl kein Fasching war – gern verkleidet? All das sind Unternehmungen, die nur einem Ziel folgen: nämlich Spaß zu haben – nur so, aus Vergnügen und ohne irgendeinen weiteren Sinn und Zweck dahinter. Heute nenne ich das Inselzeit.

Als meine Bonustochter klein war, fragte sie regelmäßig, während ich irgendwelche Dinge tat: *„Macht dir das Spaaaaß?"* Da fiel mir das erste Mal auf, dass ich ganz viele Dinge tat, von denen ich zwar annahm, dass sie mir Spaß machten, die aber sehr wohl einem höheren Zweck dienten. Zum Beispiel ging ich joggen, weil ich fit bleiben wollte. Wann immer ich mich dazu aufraffen konnte, eine neue Trainingsphase anzufangen, quälte ich mich die ersten zehn Tage ziemlich durch, bis es mir gelang, einigermaßen Spaß zu empfinden. Yoga dagegen bereitet mir immer großes Vergnügen und ist gut für Körper und Seele. Außerdem stellte ich fest, dass ich mit wirklich großem Spaß koche, sich aber das Kuchenbacken eher verpflichtend für mich anfühlt, weil ich meistens anderen Menschen, zum Beispiel zum Geburtstag, eine Freude machen will. Mir macht es großen Spaß, Dinge in der Wohnung umzuräumen. Putzen empfinde ich noch heute eher als lästig, tue es aber trotzdem, damit wir uns wohlfühlen. Ich male, wenn auch nicht sehr gut, aber trotzdem gerne. Gartenarbeit finde ich schön, nervt aber, wenn ich entscheide, dass es dafür mal wieder dringend Zeit wird, weil sonst das Unkraut alles überwuchert. Was bedeutet Spaß für dich? Wie beurteilst du den Zustand deines Planeten Spiel und Spaß?

Planet Spiel und Spaß – Istzustand aktuell	%
Ich möchte den Zustand meines Planeten verbessern auf	%
Ich weiß, dass der Zustand meines Planeten nicht optimal ist, entscheide jedoch bewusst, dass derzeit andere Planeten wichtiger sind für mich. Ich schaue mir das Thema erneut an am: (Wenn du magst, trag dir den Termin in deinen Kalender ein.)	

Vielleicht notierst du dir einen Gedanken oder kurzen Satz dazu.

Planet Arbeit: Arbeiten tut jeder Mensch. Und das hat nicht unbedingt etwas mit dem Verdienst zu tun. Auch eine Arbeit als Hausfrau oder im Ehrenamt kann erfüllend, stressig, zu viel oder zu wenig sein. Sozialwissenschaftlich betrachtet ist Arbeit eine zielbewusste, sozial durch Institutionen begründete menschliche Tätigkeit und volkswirtschaftlich einer der Produktionsfaktoren in unserer Gesellschaft. Arbeit kann uns große Freude bereiten, wenn sie herausfordernd ist und wir trotzdem – oder gerade deshalb? – gut performen und wertgeschätzt werden. Arbeit kann uns Sinn bringen, aber auch Frust, wenn wir sie als sinnlos einstufen. Arbeit kann uns ernähren, sowohl geistig als auch finanziell, wenn sie unseren Lebensunterhalt sichert. Wenn wir uns aber regelmäßig den Hintern aufreißen und den Umständen entsprechend mies bezahlt werden, frustriert uns das. Arbeit kann aber auch ein Mittel der Ablenkung sein, eine Flucht, wenn es auf den anderen Planeten mal nicht so gut läuft. Was bedeutet Arbeit für dich und wie ist es um deinen Planeten Arbeit bestellt?

Planet Arbeit – Istzustand aktuell	%
Ich möchte den Zustand meines Planeten verbessern auf	%
Ich weiß, dass der Zustand meines Planeten nicht optimal ist, entscheide jedoch bewusst, dass derzeit andere Planeten wichtiger sind für mich. Ich schaue mir das Thema erneut an am: (Wenn du magst, trag dir den Termin in deinen Kalender ein.)	

Vielleicht notierst du dir einen Gedanken oder kurzen Satz dazu.

So, du bist dir nun absolut im Klaren darüber, wie der Zustand deines Universums aktuell aussieht, und darüber, ob du etwas verändern möchtest und was du gegebenenfalls verändern möchtest. Daher möchte ich dich nun, zum Ende dieses Kapitels, doch noch etwas verwirren:

Was wäre, wenn du verschiedene Leben gleichzeitig leben könntest? Du dich klonen könntest und es sozusagen ein oder sogar mehrere Paralleluniversen gäbe? Die gleichen Planeten, aber mit ganz unterschiedlichen Inhalten befüllt? Lass diesen Gedanken einmal wirken und schau, was er mit dir macht.

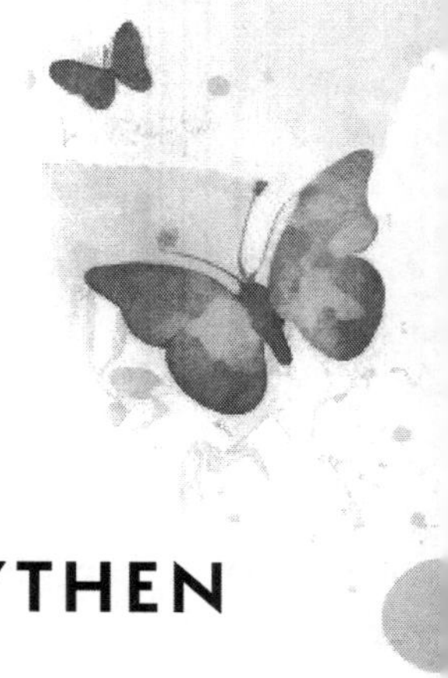

ZIELE, LOYALITÄTS-VERSTRICKUNGEN UND MYTHEN

WIE DU ZIELE ALS DEINE EIGENEN ERKENNST

Sind die Ziele, die du erreichen möchtest, überhaupt deine Ziele? Oder sind es vielleicht Ziele von anderen? Zum Beispiel die deiner Eltern? Eine Grundannahme im Familienstellen ist die, dass man als Mensch vor allem seinem Herkunftssystem, insbesondere Mutter und Vater, gegenüber loyal ist. Bewusst oder unbewusst. Manchmal kann das extreme Ausmaße bis hin zu destruktiver Loyalität annehmen.

Bert Hellinger, der 2019 verstorbene Psychoanalytiker, Familientherapeut und Autor, entwickelte Ende der 1970er Jahre unter Abwandlung von Methoden der systemischen Familientherapie, (s)eine Form der Familienaufstellung. Die von Hellinger bei Familienaufstellungen entwickelten Vorgehensweisen wurden seit den 1990er Jahren auch auf andere Systeme (Arbeitsteams und Organisationen) übertragen. Als diagnostisches Hilfsmittel wird Aufstellungsarbeit bis heute hilfreich unter erfahrener Anleitung verwendet.

Hellinger hat vor allem drei häufige Loyalitätsverstrickungen aufgezeigt:

1. „Ich folge dir nach."

Die Treue zeigt sich in diesem Fall darin, dass ein Mensch das Schicksal eines Elternteils mittragen will, in der Hoffnung, es dadurch leichter zu machen. Konkret kann das so aussehen:

„Weil du tot bist, will ich auch nicht leben." *(Menschen, die dies unbewusst denken, legen oft leichtsinniges und exzessives Verhalten an den Tag.)*

„Weil du keine/n Frau/Mann hast, will ich auch ohne Partner leben." *(Das kommt häufig bei Frauen vor, wenn sich die Eltern früh getrennt haben und die Mutter noch immer allein lebt.)*

„Weil du krank bist, will ich auch nicht gesund sein." *(Menschen, die das unbewusst denken, rackern sich ab, achten nicht auf ihre Gesundheit.)*

„Weil ihr damals alles verloren habt, will ich auch arm bleiben." *(Ich hatte in meinen Familienstellungen hier häufig Selbstständige, die trotz großartiger Fähigkeiten erfolglos blieben.)*

„Ich tue es für dich."

Bei dieser Verstrickung wird versucht, das Schicksal des anderen „auf sich zu nehmen". In meiner Praxis sind das oft Themen wie:

„Ich bin krank, damit du gesund sein kannst." *(Menschen, die unbewusst so etwas denken, haben oft chronische oder / und psychosomatische Leiden.)*

„Lieber sterbe ich als du."

(Eine häufige Dynamik bei Magersucht und Depression.)

„Lieber opfere ich mich für dich." *(Das kommt zum Beispiel bei sexuellem Missbrauch vor.)*

„Ich büße für dich."
Diese Dynamik zeigt sich besonders dann, wenn sich ein Familienmitglied mit einer Person (unbewusst) identifiziert, die aus dem Familienverband ausgeschlossen wurde. Die Folge davon ist, dass Menschen (ebenso unbewusst) denken könnten: „Ich mache es wie du." Gründe für einen Ausschluss aus der Familie könnte es viele geben – hier ein paar Beispiele:

Scham
Jemand hat ein uneheliches Kind, ist behindert, homosexuell, drogensüchtig, alkoholkrank, hat eine andere Religion angenommen oder sich umgebracht.

Schuld
Vielleicht hat eine Person in der Familie ein Kind weggegeben oder eines zum Kuckuckskind gemacht. Oder es hat jemand auf *„unsittliche"* Art großes Vermögen angehäuft oder unrechtmäßig geerbt. Es könnte auch sein, dass sich jemand im Zweiten Weltkrieg *„mitschuldig"* gemacht hat oder auf andere Weise schwere Schuld auf sich geladen hat.

Schmerz
Das habe ich häufig in meiner Praxis erlebt, wenn ein Kind früh verstorben ist oder es einen tragischen Unfall innerhalb der Familie gab. Es kommt vor bei Adoption und Pflegekindschaft, aber auch bei Vertreibung oder Flucht aus der ursprünglichen Heimat.

Die hier aufgezählten Verstrickungen wirken normalerweise unbewusst und sind *„organisch"* gewachsen. Manchmal *„klingelt"* es aber allein durch das Lesen irgendwo im *„Hinterstübchen"*, und wir kriegen eine Ahnung, dass hinter einem oberflächlich wirkenden Problem mehr stecken könnte.

Aus meiner Praxis:
Jeremy, 44, kam zu mir in die Praxis, weil er sich ausgebrannt und müde fühlte. Er sei auf dem Weg zur Tablettenabhängigkeit. Aber ohne Aufputschmittel würde gar nichts mehr gehen. Jeremy leitete ein mittelständisches Logistikunternehmen, das sein Großvater vor dem Zweiten Weltkrieg aufgebaut und sein Vater nach dem Zweiten Weltkrieg und dem Tod seines Vaters übernommen hatte. Jeremy suchte den Grund seines Ausgebranntseins überall: *„Mit meiner Frau läuft es nur mittelmäßig gut. Ich reise so gerne, aber sie ist am liebsten daheim!" „Meine Söhne, ich finde gar keine Worte für die Generation! Arbeit ist für die ein Fremdwort! Schrecklich!" „Am liebsten würde ich umziehen! Ich habe so viel Geld in den Umbau dieses Hauses gesteckt, aber an dem alten Kasten ist ständig irgendwas kaputt!"*

Ich könnte noch viele weitere Dinge anführen, über die sich Jeremy ausließ. Ein Thema kam jedoch von allein nicht zur Sprache: die Firma. Die Firma war *„gesetzt"*. Sie war Bestandteil seiner unverrückbaren und unveränderbaren Realität. *„Mein Großvater hat diese Firma damals mit seinem letzten Geld gegründet und nichts mehr davon gehabt, weil er im Krieg gefallen ist. Die älteren Brüder meines Vaters sind ebenfalls im Krieg gefallen. Und mein Vater, damals noch blutjung, als er übernehmen musste, hat sich dann jahrzehntelang den Hintern aufgerissen, um sie zu dem zu machen, was sie heute ist. Das hat ihn vermutlich das Leben gekostet. Er hatte vor zehn Jahren einen Schlaganfall, wurde zum Pflegefall und ist vor einem Jahr gestorben. Und wenn ich mir jetzt so meine Söhne angucke, dann weiß ich jetzt schon, dass keiner von denen Lust, geschweige denn die nötige Kompetenz hat, die Firma nach mir zu übernehmen. Der eine studiert Lehramt, und der andere fliegt immer wieder aus diversen Ausbildungsbetrieben hinaus. Spätestens nach mir geht die Firma sowieso den Bach runter!" „Okay, ich verstehe"*, versicherte ich nickend. *„Und wie haben Sie nun geplant, sich das Leben weiterhin zur Hölle zu machen, bis Sie – woran genau eigentlich – sterben wollen?"* Er schaute mich verdutzt und entrüstet an. Für einen kurzen Moment glaubte ich, er würde aufstehen und die Praxis verlassen. Doch er blieb: *„Sie* *verstehen das nicht. Meine Frau und meine Söhne übrigens auch nicht! Und da gibt es auch nichts zu diskutieren!"* „*Das liegt dann wohl daran"*, entgegnete ich fragend, „*weil Ihnen die Arbeit in dieser Firma so riesengroße Freude bereitet?"*

Nun fielen ihm fast die Augen heraus: „*Ich hasse diese Firma! Ich hasse diese Branche! Und ich hasse es, für so viele Mitarbeiter verantwortlich sein zu müssen!"* Der Bann war gebrochen, und fünf Minuten am Stück goss – um nicht zu sagen „*kotzte"* – Jeremy sein ganzes Elend in Bezug auf die Firma heraus. Ich ließ ihn reden. Nachdem er schwer atmend eine Pause machte, hakte ich ein: „*Okay, wir spinnen jetzt einfach mal ein bisschen herum"*, ich sah ihn aufmunternd an: „*Nur mal angenommen, Ihr Großvater hätte in die Zukunft schauen können und damals – mit Hinblick auf Sie als seinen Enkelsohn – ein Unternehmen gegründet, dass Ihnen Freude bereitet. Was für ein Unternehmen wäre das gewesen?"* Jeremy überlegte nicht eine Sekunde, und es war das erste Mal, dass ich seine Augen aufblitzen sah: „*Eine Werkstatt für Motorrad-Oldtimer!"* Doch im nächsten Augenblick verdunkelte sich sein Blick wieder. „*Aber ein Verkauf der Firma steht trotzdem nicht zur Debatte!"*

Insgesamt dauerte es drei Sitzungen und eine Familienaufstellung, bis Jeremy begriff, dass er sein Leben so lange als öde und kräftezehrend wahrnehmen würde, solange er Verantwortung für eine Firma übernahm, die ihm nicht auch nur einen Hauch von Freude brachte. Heute, achtzehn Monate später, hat er für diese Firma einen Geschäftsführer eingestellt und eröffnet in den kommenden Wochen einen Laden, in dem er Motorrad-Oldtimer an – und verkauft. In seiner Freizeit cruist er mit seinem Motorrad durch das Land. Seinen Söhnen gegenüber ist er deutlich entspannter geworden, und auch das Verhältnis zu seiner Frau ist neu erblüht.

Es muss aber gar nicht immer so ganz dramatisch sein, wenn wir die Ziele von anderen zu unseren machen. Oft sind es auch die Ziele von Freunden, die wir „*nachmachen"*, einfach weil wir gern zugehörig sind. Oder noch einfacher – und subtiler: Manchmal ist es nur Werbung! Ich zum Beispiel wollte als Kind schon deshalb eine tolle Familie haben, weil mir damals die Werbung im Fernseher suggeriert hat, dass es dann täglich Leckereien wie Kinder-Überraschungseier gäbe!

Höre also tief in dich selbst hinein. Und dann folge der Freude! Freude ist immer ein Wegweiser. Frage dich also, was dir besonders viel Freude bereitet. Überlege, was dein großes Talent, deine Superkraft ist. Was wolltest du schon immer mal lernen? Was hast du schon alles erreicht und worauf bist du ganz besonders stolz, selbst wenn andere diesbezüglich vielleicht nur müde lächeln?

Dann schau dir deine Motive an: Okay, du willst dich besser fühlen und dein Selbstbewusstsein stärken. Aber wofür? Um eine gesündere Beziehung zu dir selbst oder deinem Partner aufzubauen? Oder damit du mit deinen Kindern und dem Rest der Familie ein schöneres Leben führen kannst? Wenn du dein *„Wofür"* kennst, fällt es dir deutlich leichter, persönliche Ziele zu erkennen. Wenn du es nicht schaffst, mindestens fünf Gründe zu finden, wofür du ein bestimmtes Ziel erreichen willst, dann liegt es vermutlich daran, dass es gar nicht dein Ziel ist, sondern das von irgendjemand anderem. Willst du dieses Ziel erreichen oder solltest du? *„Weil alle das wollen"* ist, nebenbei gesagt, kein guter Grund, und du solltest das Ziel umgehend in die Tonne treten. Wenn du jedoch mit Leichtigkeit fünf gute Gründe findest, deutet das auf eine hohe intrinsische, also von innen kommende Motivation hin, und es wird dir auch in schwierigen Phasen leichter fallen, dranzubleiben.

Gute Ziele machen übrigens im Hier und Jetzt schon etwas mit dir und pushen dich mit Energie und Motivation. Sie passen zu deinen Werten, und es bereitet dir Freude, an ihnen zu arbeiten. Gute Ziele beruhen niemals auf Angst, sondern auf Leidenschaft und helfen dir sogar dabei, Entscheidungen zu treffen!

Hier kommen ein paar Impulse zur Auflösung weitverbreiteter Mythen von Zielen:

Mythos 1: Die wenigsten erreichen ihre Ziele – ich schaffe es auch nicht.

Natürlich geht es nicht darum, etwas komplett Unrealistisches erreichen zu wollen, selbst wenn dein Geist inzwischen gut gedehnt ist und du dir zunehmend darüber klar wirst, dass im Leben viel mehr für dich drin ist.

Setze dir ein paar kleinere, leichter zu erreichende Ziele und ein oder zwei richtig große Ziele. Die kleinen sind deshalb so wichtig, weil sie wie ein Verstärker für die großen wirken können. Umso mehr und bewusster wir Ziele erreichen, umso klarer erkennen wir unsere Selbstwirksamkeit. Und die ist, egal in welchem Bezug, wichtig, weil sie dazu führt, dass wir uns immer mehr zutrauen. Ganz wichtig: Feiere jedes noch so kleine Ziel oder Zwischenziel und richte deinen Fokus auf das Handeln und auf den Weg und nicht auf das, was du (noch) nicht erreicht hast. Energie folgt immer der Aufmerksamkeit! Das, auf was wir schauen, wird gefühlt mehr! Und das hat nichts mit Esoterik zu tun, sondern mit unserer Biochemie.

Schenke dir ein bisschen Zeit und Vertrauen. Je stärker wir an uns selbst glauben, desto leichter erreichen wir unsere Ziele, stärken mit dem Erreichen dieser Ziele unser Selbstbewusstsein und trauen uns dann noch Größeres zu. Es ist wie eine Spirale. Eine, die aufwärts führt.

Mythos 2: Dranbleiben ist schwer.

Wenn wir uns Ziele setzen, von denen wir wissen, dass sie erreichbar sind, und die erreichten Zwischenziele gebührend feiern, dann macht das Dranbleiben sogar riesigen Spaß. Belohne dich ganz bewusst mit etwas, was dir große Freude bereitet, was du dir unter normalen Umständen jedoch nicht gönnen würdest.

Wir alle haben zwischendurch mal einen Durchhänger und wollen hinschmeißen. Das sind oft die Tage, an denen der Mittelfinger alle Fragen beantworten will. Dann ist es Zeit, einfach mal *„alle Fünfe gerade sein zu lassen"* und eine Pause einzulegen. Das ist völlig in Ordnung und hilft sogar dabei, langfristig dranzubleiben. Je mehr Druck und Stress wir uns machen, umso schwieriger und langwieriger erscheint uns der ganze Prozess.

Disziplin ist aber trotzdem wichtig: Der Appetit kommt beim Essen,
und der Erfolg kommt beim mutigen Tun.

Mythos 3: Ziele müssen fix sein!

Wenn wir für uns ein Ziel definieren, dann lernen wir von guten Coaches häufig, dass wir dieses Ziel ganz detailliert, konkret und messbar machen müssen. Bis zu einem gewissen Grad stimme ich dem zu. Aber nicht uneingeschränkt! Wenn es etwas gibt, das uns hilft, unsere Ziele zu erreichen und gleichzeitig Lebensfreude voll auszuschöpfen, dann ist das Flexibilität.

Als ich im September 2020 zur Coronazeit unbedingt in den Urlaub fahren wollte, hatte ich irgendein exotisches Ziel vor Augen. Vielleicht Sri Lanka oder Costa Rica?

Ich habe mir angewöhnt, mir alle drei bis vier Monate eine kurze Auszeit zu nehmen, um Inselzeit für mich zu haben. Auch die Winter verbringe ich gerne in sonnigeren Gefilden. Im letzten Winter waren wir auf Bali, und ich hatte den Sommer, entgegen meiner sonstigen Gewohnheit, weil wirklich viele Menschen dringend Unterstützung brauchten, durchgearbeitet. Im September war ich also ziemlich platt und sehnte mich nach einer Pause. Ich hatte irgendeinen exotischen Ort auf der Welt vor Augen und wusste aber doch, dass das zu dieser Zeit und nur für zehn Tage nicht gerade die beste Idee war. Also fragte ich mich, was genau ich in diesem Urlaub brauchte. Ich wollte – bitte verzeih meine Offenheit – einfach mal eine Weile so wenig Menschen wie möglich sehen. Ich träumte von einem wunderschönen feinsandigen Strand. Ich wollte

Sommer, milde Temperaturen, Sommerkleidchen und Flip-Flops tragen und leckeren Wein trinken. Klingt vielleicht doof, hat aber etwas mit meiner Vorstellung von Sommer und Freiheit zu tun. Ich wollte das Gefühl von Leichtigkeit, andere Orte und exotische Märkte besuchen. Ich war zum Teil festgelegt. Aber dadurch, dass ich mich von der fixen Vorstellung löste, unbedingt nach Costa Rica oder Sri Lanka zu reisen, konnte ich am Ende trotzdem meine Bedürfnisse stillen. Wir flogen nach Mallorca. Ja, ich weiß, das klingt erst mal wie ein Trostpreis. War es aber nicht. Ich kam voll auf meine Kosten. Wir mieteten ein kleines Ferienhaus in einer sehr ruhigen Ecke. Auf Mallorca gab es zu diesem Zeitpunkt so wenig Touristen wie noch nie, und wir konnten mit dem Mietwagen fast immer direkt an den schönsten Stränden parken. Wir genossen gutes Essen und leckeren Wein und besuchten – wenn auch mit Maske und eingeschränkt – die mallorquinischen Märkte. Am Ende habe ich alles bekommen, wonach mein Herz sich sehnte, weil ich gelernt hatte, flexibel zu sein. Es geht nicht darum, immer von allem das Beste zu bekommen, sondern zu lernen, aus allem das Beste zu machen!

DAS MENSCHLICHE GEHIRN – TEIL 2:

FANTASIE VERSUS REALITÄT – SO NUTZT DU DIE FANTASIE ZUR INSTALLATION DEINES WUNSCHKONZERTS

Uns Menschen erscheint es so, als ob wir die Realität, also genau genommen die physische Welt, einfach und direkt wahrnehmen. Tatsächlich ist das jedoch eine Illusion unseres Gehirns. Unsere Wahrnehmung wird permanent durch unsere Erwartung bestimmt. Die tatsächliche Wahrnehmung entsteht erst in uns. Sie wird durch Erwartungen und Erfahrungen aktiv verändert.

Unser Gehirn arbeitet so ähnlich wie ein Bayes-Computer. Der Satz oder die Formel von Bayes gehört zu den wichtigsten Sätzen der Wahrscheinlichkeitsrechnung und ermöglicht es, die bedingte Wahrscheinlichkeit zweier Ereignisse zu bestimmen, wenn eine der beiden bedingten Wahrscheinlichkeiten bereits bekannt ist.

Genau wie ein Bayes-Computer macht unser Gehirn Vorannahmen aufgrund mentaler Landkarten, wie etwas auszusehen hat. Mithilfe dieses Modells kann das Gehirn voraussagen, welche Signale unsere Sinne empfangen sollten. Diese Annahmen werden mit den tatsächlichen Signalen aus der Wirklichkeit verglichen. Dass Fehler dabei nicht ausbleiben, ist klar. Deshalb funktionieren auch optische Täuschungen und Placebos gut. Placebos funktionieren verrückterweise sogar oft, obwohl wir wissen, dass es Placebos sind. Einfach weil wir gelernt haben, dass Placebos oft genauso wirksam sind.

Beobachten wir Emotionen bei anderen Menschen, werden im Gehirn die gleichen Regionen tätig, die auch dann aktiv sind, wenn wir die Gefühle selbst empfinden. Das hat etwas mit den *„Stars unter den Nervenzellen"*, den sogenannten Spiegelneuronen, aber auch mit unserem *„sozialen Gehirn"* zu tun. Eine Zeit lang wurden die Spiegelneuronen sogar als *„Wurzel des Mitgefühls"* und „Dalai-Lama-Neuronen" gehypt. Heute glauben wir, dass es auch hier eher darum geht, die Absicht fremder Aktionen intuitiv zu verstehen, indem wir unbewusst die Handlung simulieren und so den wahrscheinlichen Ausgang prognostizieren können.
Nichtsdestotrotz unterstützen diese Spiegelneuronen unser Nachfühlen. Wenn man also einen schnulzigen Liebesfilm anschaut, durchlebt man eine ähnlich gefühlte Dramaturgie wie die Protagonisten im Film. Erinnerst du dich noch daran, wie du als Kind Filme gemeinsam mit anderen geguckt hast und vielleicht *„Ich bin die …"* oder *„Ich bin der …"* zu Beginn des Films ausgerufen hast? Damit hast du dich direkt in die Rolle eines für dich spannenden Darstellers begeben und das Geschehen nahezu eins zu eins nachgefühlt. Das Gleiche tun wir auch heute noch – nur, dass wir nicht mehr *„Ich bin die …"* oder *„Ich bin der …"* rufen.

Wir sind also in der Lage, durch Filme, Romane und Computerspiele mehr oder weniger tief in fiktive Welten einzutauchen. Wie ein Forscherteam vom Leipziger Max-Planck-Institut für Kognitionsund Neurowissenschaften herausgefunden hat, sind wir uns dabei unserer Reise nach *„Fantasy Island"* umso bewusster, umso fiktiver uns etwas erscheint. Gefühlt reale Inhalte lösen Aktivitäten in den gleichen Gehirnbereichen aus, die auch angesprochen werden, wenn der Gebrauch des autobiografischen Gedächtnisses oder selbstreferenzielle Prozesse anstehen. Fiktive Inhalte werden dagegen in anderen Hirnregionen verarbeitet. Außerdem verringert sich das Aktivierungspotenzial in den verarbeitenden Hirnregionen, je unpersönlicher die Personen in den Szenarien sind. Die Tiefe des persönlichen Bezugs zu realen oder fiktiven Figuren nimmt also Einfluss auf unsere Wahrnehmungs und Speicherungsprozesse.
Unser Gehirn kann einerseits zwischen Realität und Fantasie unterscheiden.

Doch alles, was wir uns in unserer Fantasie vorstellen, beeinflusst trotzdem uns und unseren Körper. Dazu ein kleines, eingängiges Experiment:

Stell dir vor, vor dir liegt eine wunderschöne, gelbe und saftig aussehende Zitrone. Stell dir nun vor, dass du sie in die Hand nimmst, die kräftige, pralle Haut der Zitrone in deiner Hand spürst und an ihr riechst. Schon die Schale riecht angenehm säuerlich. Jetzt stellst du dir vor, wie du diese Zitrone in zwei Hälften schneidest. Achtung: Es kleckert etwas Zitronensaft heraus! Jetzt riechst du erneut an der aufgeschnittenen Zitrone. Das Aroma ist intensiv, und sie riecht wirklich sehr säuerlich. Nun stellst du dir vor, wie du einmal kräftig in die Zitrone hineinbeißt.

Ich muss gestehen, dass mir selbst beim Schreiben das Wasser im Munde zusammenläuft! Wie war es bei dir? Vermutlich hast du außerdem automatisch dein Gesicht verzogen bei der Vorstellung, in die saftig, säuerliche Zitrone hineinzubeißen.

Okay, aber was bedeutet das nun? Einerseits kann unser Gehirn zwar durchaus zwischen Realität und Fantasie unterscheiden, andererseits reagiert unser Körper aber trotzdem genauso, wie er sich in der *„Realität"* verhalten würde, wenn wir uns bestimmte Dinge lediglich vorstellen.

Jede Vorstellung, ob positiv oder negativ, hat Einfluss auf dein seelisches und körperliches Befinden. Obwohl wir vom Kopf her ganz genau wissen, dass wir uns lediglich etwas vorstellen, reagiert der Körper auf vorhersehbar realistische Art und Weise.

Dieses Wissen werden wir auf elegante Art für unsere Zwecke zur Installation deines persönlichen Wunschkonzertes nutzen! Denn indem wir unserem Gehirn quasi *„vorspielen"*, dass das Ziel bereits erreicht ist, wirkt sich das stark auf unser Unterbewusstsein aus. Als Folge davon verhalten wir uns mehr und mehr so, wie unser neues Ich es tun würde.

Zunächst wollen wir aber festlegen, wie dein Traumleben, dein persönliches Wunschkonzert aussehen bzw. wie es sich anfühlen soll und aus welchen konkreten Aspekten es bestehen kann.

Hier ein paar Beispiele:

Ich lebe in einer erfüllenden Partnerschaft und spüre jeden Tag Wertschätzung und Vertrauen.

Ich liebe meine Arbeit und erfreue mich daran, wie ich Schritt für Schritt großartige Projekte umsetze und sich das auch auf meinem Bankkonto bemerkbar macht.

Ich nehme mir jeden Tag genau die Freizeit, die ich brauche, und genieße diese Zeit in vollen Zügen, entweder mit der Familie, mit Freunden oder sogar allein.

Ich liebe es, die Welt zu bereisen und immer wieder neuen, tollen Menschen zu begegnen.

Ich bin stolz darauf, dass meine Wertschätzung mir selbst gegen über Tag für Tag wächst, ich mutig Grenzen setze und selbstbe wusst meinen Standpunkt vertreten kann.

Ich treffe regelmäßig und leichten Herzens gute Entscheidungen.

Ich erfreue mich bester Gesundheit und spüre meine Kraft in jeder Zelle und mit jeder Faser meines Körpers.

Ich nehme Lob und Anerkennung gerne dankend an. Ich weiß nämlich ganz genau, wie gut/wie schön/wie klug ich bin.

Ich juble vor Freude, denn ich fühle mich jeden Tag leichter, beweglicher und attraktiver, und auch die Zahl auf der Waage geht kontinuierlich nach unten.

Ich erlaube mir, Fehler zu machen, da ich weiß, dass ich aus jedem einzelnen lernen werde und meine kleinen Ecken und Kanten mich nur noch sympathischer machen.

Natürlich weiß ich nicht, was für dich wichtige Aspekte in deinem guten Leben sind. Aber du weißt es! Bitte blättere jetzt noch mal zurück zu der Stelle hier im Buch, auf der du deine Werte notiert hast. Dann spring noch mal kurz rüber in die Tabelle, in die du den Zustand deiner einzelnen Welten eingetragen hast. Dort hast du quasi schon Wegweiser für dich beschrieben. Schau dir diese Wegweiser noch einmal genau an. Was ist dir wichtig? Von welchen Werten brauchst du mehr in deinem Leben? Welche Werte behindern dich vielleicht sogar beim Erreichen deiner Teilziele? Zu welchen Zielen führen dich deine Werte?

Schreibe bitte zehn konkrete Sätze dazu in die folgende Tabelle.

Übrigens: Allein der Vorgang des Aufschreibens bringt dich deinen Zielen schon ein Stück näher!

Achte darauf, dass es deine Ziele sind. Formuliere sie in der Gegenwart. „*Ich werde meine Weiterbildung mit Bravour vollenden*" klingt erst einmal gut. Die Frage ist nur: Wann? Das Gehirn kennt weder Vergangenheit noch Zukunft. Lediglich diesen Moment, die Gegenwart. Wenn wir einen Satz mit „*Ich werde ...*" beginnen, ist es, als ob man einem Esel eine Karotte vor die Nase hängt. Er läuft und läuft in der Hoffnung, dass er irgendwann die Karotte schnappen wird. Formuliere die Sätze positiv und ohne Verneinungen. Der

Satz *„Ich habe keinen Stress mehr"* wäre kontraproduktiv. Das Gehirn kennt nämlich kein *„kein"*. Im Gehirn käme lediglich *„Ich habe Stress mehr"* an. Positiv formuliert könnte der Satz etwa folgendermaßen lauten: *„Ich bin völlig entspannt und regle meine Dinge Schritt für Schritt und in meinem Tempo."* Streiche ebenso das Wort *„nicht"* aus deinen Sätzen, auch dieses Wort kann das Gehirn nicht verarbeiten. Aus *„Ich rauche nicht mehr und bin stolz darauf"* würde das Gehirn die Anweisung *„Ich rauche mehr und bin stolz darauf"* machen, und das wäre vermutlich ziemlich blöde. Du glaubst das nicht? Dann tu mir bitte kurz den Gefallen und denke jetzt nicht an einen rosa Elefanten. Nein! Nicht an einen rosa Elefanten denken!

Okay, ich weiß, das Beispiel ist ausgelutscht, aber immer noch eingängig, oder?

ÜBUNG 3: MEINE ZIELE FÜR MEIN WUNSCHKONZERT

Bitte notiere nun zehn Ziele für dein Wunschkonzert.

Du kannst diese Übung auf einem Notizzettel erledigen oder dich unter dem Link https://www.dein-wunschkonzert.com einloggen und das entsprechende Arbeitsblatt dort herunterladen. Das Passwort findest du im Anhang unter *„Zugangsdaten Downloadbereich"*.

Erledigt? Super!

Lies bitte nun noch mal all deine formulierten Ziele durch und nenne – ohne groß darüber nachzudenken – fünf Gründe, warum du diese Ziele erreichen willst. Wenn das klappt, alles fein. Wenn nicht, dann liegt das vermutlich daran, dass es entweder nicht wirklich *dein* Ziel ist oder es mit einem deiner Werte korreliert. Dann streich das vermeintliche Ziel durch und dreh noch mal eine Runde.

DAS MENSCHLICHE GEHIRN – TEIL 3:

UNTERBEWUSSTSEIN UND WILLENSKRAFT – WIE DU DIE MACHT DEINES UNTERBEWUSSTSEINS FÜR DICH ARBEITEN LASSEN KANNST

Das Unterbewusstsein hat einen immensen Einfluss auf unsere Gedanken, Gefühle und Handlungen. Es ist ein bisschen wie eine unsichtbare Kraft, die uns steuert. Viele unserer lebensnotwendigen physischen Funktionen laufen gänzlich unbewusst ab. So denken wir im Normalfall nicht über das Atmen, die Blutzirkulation oder die Verdauung nach. Das funktioniert wie von allein und wird durch das vegetative Nervensystem gesteuert. Aber auch in unserer Psyche befinden sich einige Bereiche in den Tiefen des Unbewussten. Nur deshalb, weil uns viele Dinge gar nicht bewusst sind, kann es zu diversen Verstrickungen kommen, über die ich im letzten Kapitel berichtet habe.

Das Unterbewusstsein ist die Summe aller Vorstellungen, Erinnerungen, Eindrücke, Motive, Einstellungen und Handlungsbereitschaften, die in uns sind. Es gleicht einem Schwamm, der ständig Sinneseindrücke und Informationen in sich aufsaugt.

Weil unser Unterbewusstsein sehr viel mehr aufnimmt, als wir bewusst registrieren, kann es uns in entscheidenden Momenten auch als Wegweiser dienen. Das nennen wir dann Intuition. Es macht sich dann gerne durch eine Stimme im Kopf oder durch ein komisches Gefühl im Bauch bemerkbar.

Wenn wir unsere innere Stimme jedoch regelmäßig ignorieren und unsere Grenzen überschreiten, kann das Unterbewusstsein, das deutlich schlauer ist als wir selbst, zu drastischen Maßnahmen greifen, die – das erlebe ich in meiner Praxis regelmäßig – von diffusen körperlichen Symptomen bis hin zu Panikattacken und Burnout-Symptomen gehen.

Hin und wieder spüren wir auch bei einer anstehenden Entscheidung, wofür wir uns am besten entscheiden, ohne es rational erklären zu können. Oder wir spüren instinktiv eine drohende Gefahr. Manchmal kommen auch, scheinbar zusammenhanglos, Gefühle in uns auf, und wir müssen ganz plötzlich und ohne ersichtlichen Grund lachen oder weinen. Und manchmal fühlen wir uns scheinbar grundlos zu einer fremden Person sehr hingezogen, die wir kaum kennen.

Die Begriffe Unterbewusstsein und Unbewusstes werden häufig synonym verwendet, die Psychoanalyse differenziert hier jedoch, da das Unterbewusstsein im Gegensatz zum Unbewussten durch Reflexion erschlossen werden kann.

Etwa 90 Prozent des Gehirns arbeitet unbewusst: das gesamte Gehirn außerhalb des Cortex und ein großer Teil der Großhirnrinde. Es versucht, Abläufe so weit wie möglich zu automatisieren – und damit aus dem Bewusstsein zu verbannen, damit seine Arbeit schneller, effektiver und stoffwechselphysiologisch sparsamer ist. An sich nicht übel, denn es wäre ultranervig, wenn wir uns jeden Morgen aufs Neue bewusst überlegen müssten, wie wir die Schnürsenkel binden, Reißverschlüsse und Knöpfe schließen oder gar Kaffee oder Tee kochen.

Sigmund Freud, Gründer der Psychoanalyse, war einer der ersten, der auf die Macht des Unterbewusstseins aufmerksam machte. Zur Verdeutlichung seiner Theorie benutzte er das heute bekannte Eisbergmodell.

Abb. 3: Eisbergmodell nach Siegmund Freud (in Anlehnung an Deneke, o. J.)

Das Unterbewusstsein beeinflusst alle Lebensbereiche: unsere Beziehungen, unseren beruflichen Erfolg, unser Genussund Suchtverhalten. Das wiederum klingt ein bisschen spooky und so gar nicht nach *„freiem Willen"*.

Ich hatte in einem früheren Kapitel schon kurz erwähnt, dass ich als Kind allein deshalb eine *„tolle Familie"* haben wollte, weil mir die Fernsehwerbung suggerierte, dass es dann regelmäßig Kinder Überraschungseier gäbe. Es gab aber noch viel mehr, was mich in meiner Familie prägte. Meine Adoptiveltern gehörten zum ganz normalen Mittelstand. Ich hörte als Kind und Jugendliche häufig, dass Geld den Charakter verderbe und *„Reiche"* meistens eine Ellenbogenmentalität hätten, die in unserer Familie verpönt war. Später, als ich meine leiblichen Geschwister kennenlernte und erfuhr, wie es in unserer Ursprungsfamilie zugegangen war, kamen auch noch Schuldgefühle in Bezug auf Geld dazu. Wie sollte ich da guten Gewissens erfolgreich werden? In einer Zeit, in der ich noch nicht so guten und engen Kontakt mit meinen leiblichen Geschwistern hatte, nahm ich an diversen Familienaufstellungen teil, um diese Blockade aufzulösen. Und später – auch wenn das lächerlich für eine erwachsene Frau klingen mag – habe ich mir tatsächlich die Erlaubnis zu Erfolg und Wohlstand immer wieder in diversen Gesprächen mit meinen Geschwistern regelrecht *„abgeholt"*. Das hat funktioniert, und heute lebe ich ziemlich frei und gut. Nichtsdestotrotz gibt es aber immer noch Momente, in denen in mir eine Sehnsucht aufkommt, sodass ich mich am liebsten mit einer Flasche Rotwein zu einem Obdachlosen unter die Brücke setzen möchte. Inzwischen kann ich aber gut mit solchen Augenblicken umgehen.

Bewusst wollte ich natürlich gern erfolgreich sein. Mein Unterbewusstsein, insbesondere die Werte Zugehörigkeit und Schuld, haben mich jedoch immer wieder stark ausgebremst.

Da saß ich nun, vor einigen Jahren, im Kloster Buddhas Weg. Ich hatte mich intensiv auf die Heilpraktikerprüfung beim Gesundheitsamt vorbereitet, hatte meine Traumatherapie-Ausbildung vor Kurzem begonnen und war kräftemäßig ziemlich am Limit. Ich war aber vor allem deshalb am Ende, weil ich fürchterliche Angst hatte. Ich wollte zur Ruhe kommen, Kraft tanken und mir selbst bestätigen, dass ich auf dem richtigen Weg war.

Der innere Ruf – mein Credo zur Berufung zu machen – war schon lange da. Und doch hatte ich mich lange Zeit davor gedrückt, wusste aber noch immer nicht genau, warum. Zum Teil lag es an der fehlenden Sicherheit, wenn ich meinen Brötchenjob ganz aufgeben würde. Aber da war noch etwas anderes: Es fühlte sich komisch, ja sogar fast bedrohlich an. Ich schaute mich in der Kantine des Klosters um. Es war nicht allzu viel los. Das war gut. Denn schließlich wollte ich meine Ruhe haben und zu mir selbst finden. Zur Essenszeit gibt es im Kloster Buddhas Weg gewisse Rituale. Zum Beispiel wird eine ganze Weile geschwiegen. Nun kam jedoch eine Frau, ungefähr in meinem Alter, um die Ecke und steuerte geradewegs auf mich und meinen sonst leeren Tisch zu. Ich schaute zur Seite.

Doch sie stellte sich direkt mir gegenüber und flüsterte: *„Entschuldige bitte, ich hoffe, ich störe dich nicht. Darf ich mich zu dir setzen?"* Eigentlich wollte ich irgendetwas Mittelhöfliches antworten, aber da die älteste Nonne am Tisch vor mir schon die Stirn runzelte, traute ich mich nicht, einfach so ohne Erklärung den Kopf zu schütteln, und nickte schließlich. Kaum erklang das Glöckchen, das der Schweigezeit ein Ende setzte, sprudelte es aus der Frau nur so heraus: *„Warum bist du hier?"* Ohne mir auch nur eine Sekunde Antwortzeit zu geben, sprach sie weiter: *„Ach, ich weiß gar nicht, wo ich anfangen soll! Ich bin auf ganzer Linie gescheitert. Ich habe alles gegeben! Und doch hat es nicht gereicht! Ich habe alles, was mir lieb und teuer war, verloren!"*

Das war der Moment, in dem ich ihr am liebsten irgendetwas in den Mund gestopft hätte, um sie zum Schweigen zu bringen. So was kommt aber nicht allzu gut in einem buddhistischen Kloster. Irgendetwas in mir wollte auch weiter zuhören. Sonst hätte ich zur Not ja auch einfach aufstehen können. Es war ein bisschen wie bei einem schrecklichen Unfall. Man will nicht hinschauen, aber man kann nicht anders. Daher ließ ich sie einfach weiterreden:*„Jetzt muss ich ganz von vorne beginnen. Ich bin Heilpraktikerin und wollte vor zwei Jahren endlich meinen Traum von einer eigenen Praxis verwirklichen. Ich habe meinen eigentlich ganz netten Job in der Touristikbranche aufgegeben und alles auf eine Karte gesetzt. Aber irgendwie hatte ich nie genug Patienten. Vor zwei Wochen hat mich auch noch mein Freund verlassen, weil ich nicht nur alles Geld, sondern auch meine ganze Zeit in den Aufbau meiner Praxis gesteckt und in letzter Zeit nur noch gejammert habe, weil ich nicht wahrhaben wollte, dass ich pleite bin."*

Ich glotzte sie an. Sie schaute mit tränenverhangenen Augen, um Antwort bettelnd zurück: *„Was soll ich nur tun?"*Das fragte diese Frau allen Ernstes mich, wo ich doch gerade dabei war, mich ins gleiche *„Unglück"* zu stürzen wie sie? In diesem Moment machte etwas klick in meinem Kopf. Denn mit Unglück kannte ich mich schließlich aus. Das fühlte sich ganz vertraut und wohlig an. So als ob ich den Menschen, die ich liebte, dann näher sein könnte. Es fiel mir wie Schuppen von den Augen: Das Schicksal fragte mich hier gerade, ob ich das wirklich, wirklich will. Ob ich bereit war, alles zu wagen und gegebenenfalls zu versagen, aber auch, ob ich wirklich bereit war, erfolgreich zu sein. Und eins wurde mir in diesem Moment klar: Der Erfolg machte mir mehr Angst als das Versagen.

Der Verstand kann nicht einschätzen, ob unsere mentale oder emotionale Reaktion auf etwas nützlich für uns ist oder nicht, und wollte mich – in meinem Fall – nur vor Erfolg und *„Reichtum"* beschützen, weil ich das – aus damals gutem Grund – als etwas Negatives, Schädliches abgespeichert hatte. Und dann – das habe ich in einem der letzten Kapitel ausführlich erklärt – mischt ja auch noch das Filtersystem mit.

Das ist zunächst einmal ein Negativbeispiel, auf welche Art mich mein Unterbewusstsein beeinflusst hat. Es sind aber auch positive Beeinflussungen möglich! Meine Adoptiveltern haben mich sprichwörtlich so genommen, wie ich war. Meine Mutter hat es fertiggebracht, mich selbst für eine Vier in Mathe zu loben: *„Das macht nichts, Annette, die nächste Arbeit wird wieder besser – und wenn nicht, ist auch nicht schlimm, du bist schließlich schon ein As in Deutsch und Englisch!"* Sie hat – und dafür bin ich ihr noch heute dankbar – mir immer wieder mit Worten und Taten gezeigt, wie wertvoll und liebenswert ich bin, und mir beigebracht, dass nach Regen auch immer wieder die Sonne scheint. Auch wenn das *„wertvoll und liebenswert"* lange nicht durch mein Filtersystem durchkam, so habe ich zumindest gewusst, dass ich nach Misserfolgen immer wieder aufstehen würde, sodass ich leichten Herzens einige recht mutige Entscheidungen in meinem Leben treffen konnte.

Wir können einiges tun, damit wir unser Unterbewusstsein so programmieren, dass es uns gute Dienste leistet.
Nichts beeinflusst unsere Werte, Glaubenssätze und Entscheidungen mehr als unser Umfeld. Eine weitverbreitete Aussage ist, dass wir der Durchschnitt der fünf Menschen sind, mit denen wir uns

am häufigsten umgeben. Es wurde inzwischen sogar nachgewiesen, dass unsere Umgebung einen Einfluss auf unsere Gene hat! Aber es sind nicht nur die Menschen, die uns beeinflussen. Zur Umgebung gehört noch viel mehr. Zum Beispiel auch Orte, an denen wir uns häufig aufhalten, Bücher und Filme, die wir konsumieren, und Essen, das wir regelmäßig zu uns nehmen.

Falls du beispielsweise ein paar Kilos zu viel hast, du dir schon lange das Rauchen abgewöhnen willst, regelmäßig zu viel Wein trinkst oder dein Workout immer wieder auf den nächsten Tag verschiebst, könntest du zu dem Ergebnis kommen, dass du einfach über zu wenig Selbstdisziplin oder Willenskraft verfügst. Aber das ist tatsächlich nur die halbe Wahrheit! Menschen mit viel vermeintlicher Selbstdisziplin sind einfach gut darin, all die Situationen zu umgehen, in denen sie ihre Willenskraft bräuchten.

Apropos Willenskraft: Ein kleiner Exkurs gefällig?

Eine empirische Studie des Instituts für Managementinnovation aus dem Jahr 2016, an der rund 15 000 Fachund Führungskräfte teilnahmen, brachte folgende Erkenntnisse und fünf messbare Fähigkeiten:

1. Willensstarke Menschen wissen, worauf es ankommt, und fokussieren ihre Aufmerksamkeit auf das Wesentliche, anstatt sich zu verzetteln.

2. Sie steuern ihre Gefühle so effizient, dass sie emotionale Belastungen schnell überwinden, anstatt darunter zu leiden. Außerdem können sie sich selbst und andere in eine gute Stimmung versetzen.

3. Umsetzungsstarke Menschen haben weniger fachliche oder intellektuelle, dafür aber mehr praktische Intelligenz (Cleverness), mit der sie Probleme und Risiken kreativ bewältigen.

4. Sie stärken regelmäßig die Basis ihres Selbstvertrauens und können sich wirksam durchsetzen.

5. Sie wissen, wofür sie arbeiten, erkennen den tieferen Sinn in ihren Aufgaben und können dadurch sich selbst und andere begeistern. Deswegen erzielen willensstarke Menschen auch mit bescheidenen Mitteln, häufig unter ungünstigen Umständen, überzeugende Ergebnisse.

Das Fazit dieser Studie lautete: *„Herausragende Leistungen sind nicht primär die Folge einer außergewöhnlichen Willenskraft, Begabung oder Anstrengung, sondern das Ergebnis einer intelligenten Entwicklung dieser fünf Fähigkeiten."*

Aber kommen wir zurück auf das Umfeld. Nach außen hin *„willensstarke"* Menschen, die ein paar Kilos abspecken wollen, kaufen erst gar keine ungesunden Lebensmittel. Sie vermeiden es in den ersten Tagen nach dem Rauchstopp, sich auf irgendwelchen Partys zuzudröhnen, weil es so nahezu unmöglich wäre, durchzuhalten.

Umgib dich also ganz bewusst mit Menschen, Orten, Reizen, Informationen und Lebensmitteln, die dir guttun und dich auf deinem Weg und in deiner Entwicklung unterstützen.

Ebenso unterstützend ist es, sich die *„richtigen"* Fragen zu stellen. Unser Gehirn funktioniert nämlich wie Google: Wenn wir irgendeine Frage stellen, erhalten wir unzählige Antworten.

Wenn wir uns also zum Beispiel die Frage stellen, was passiert, wenn wir in einem besonders wichtigen Projekt scheitern, erhalten wir sofort einen Haufen Schrecken einflößender Antworten, auf die umgehend hässliche Bilder und noch miesere Emotionen folgen, was dann wiederum dazu führt, dass unsere Angst in Bezug auf das Scheitern in diesem Projekt noch verstärkt wird.

Wenn wir uns aber fragen, wie wir uns fühlen und in welcher Form wir das Gelingen dieses Projektes feiern werden, erzeugen wir sofort andere Antworten, Gedanken und Bilder und entsprechend positive Emotionen. Es geht also darum, dem Gehirn immer wieder die richtigen Fragen zu stellen, damit wir Erfolg verstärkende Emotionen ausschütten.

Erfolg verstärkende Emotionen können wir außerdem durch Imagination und die Kraft der Gedanken erzeugen. Da ich sowohl der Macht der Gedanken als auch der Imagination ein eigenes Kapitel gewidmet habe, werde ich an dieser Stelle nicht weiter darauf eingehen. Wichtig vorab ist aber, schon einmal zu verstehen, dass die Regelmäßigkeit unserer Gedanken, Emotionen und Handlungen unser Unterbewusstsein verändert.

Wenn wir etwas immer und immer wieder tun, dringt es zunehmend in unser Unterbewusstsein ein, da wir dann für diese Sache nicht mehr die volle Aufmerksamkeit benötigen.

Ein gutes Beispiel dafür ist das Autofahren. Erinnerst du dich noch daran, als du das damals neu gelernt hast? Erster Gang, schalten, zweiter Gang, schalten, dritter Gang – damals brauchte es noch deine volle Aufmerksamkeit. Ach du Schande: mal wieder den Seitenblick vergessen! Welches war noch mal das Bremspedal?

Ein Blick in den Rückspiegel, Seitenblick, Blinker setzen, noch ein Seitenblick und dann vorsichtig die Fahrspur wechseln!

Heute machst du all das, ohne groß darüber nachzudenken. Du tust diese Dinge inzwischen unterbewusst.

Genauso funktioniert das auch mit allen anderen, guten oder schlechten Gewohnheiten, Gedanken und Gefühlen. Wenn wir regelmäßig Sport treiben, wird unser Unterbewusstsein bzw. das Filtersystem auf Sport programmiert. Wenn wir immer wieder mutige Entscheidungen treffen, werden wir darauf programmiert, spielend leicht mutige Entscheidungen zu treffen. Wenn wir regelmäßig Dankbarkeit üben, wird unser Unterbewusstsein auf Dankbarkeit programmiert, und wir finden in jeder Situation ganz automatisch etwas, wofür wir dankbar sein können.

Das war nun wieder ein Haufen Theorie, die vorbereitend für den nächsten Schritt wichtig ist. Denn im nächsten Kapitel geht es um eine absolut großartige Technik, die dein Unterbewusstsein und dein (Er-)Leben nachhaltig verändern wird!

ZIELE

WIE DU DEINE ZIELE DURCH IMAGINATION ERREICHST

Wäre es nicht cool, wenn wir nur durch Träumen unserem Wunschleben ein ganzes Stück näherkommen? Ob du es glaubst oder nicht, das ist tatsächlich möglich. Die Voraussetzung ist allerdings, du nutzt dabei die richtige Technik. Ich spreche hier von einer höchst effektiven Visualisierungsmethode, die sogar erwiesenermaßen dabei hilft, Ängste, Panikattacken und depressive Verstimmungen loszuwerden. Einer Technik, die übrigens von vielen erfolgreichen Menschen zum Erreichen ihrer Ziele genutzt wird.

Vielleicht denkst du jetzt: *„Alles klar, träum weiter!"*

„Ja, ganz genau, das tue ich auch", denn mich hat ganz besonders diese Methode genau dorthin gebracht, wo ich heute stehe. Nicht still, aber äußerst zufrieden mit mir, meinem Leben und meinem Wirken.

Ich erinnere mich aber noch sehr genau an die Zeit, als das anders war. Ich habe zu Beginn des Buches davon berichtet, wie elend es mir zum Ende meiner letzten Festanstellung ging. Ich war wirklich frustriert und wurde krank.

Das lag aber nicht nur daran, dass ich das Gefühl hatte, nicht wirklich etwas für meine Kollegen ausrichten zu können, oder daran, dass wir uns als

Betriebsräte regelmäßig auch allein und gegenseitig zerfleischten – was dem Arbeitgeber natürlich sehr zupasskam. Nein, unabhängig vom never-ending Drama in der Firma gab es noch etwas anderes, was in mir rumorte. Ein Ruf, eine Sehnsucht, die mich ständig, aber unerbittlich mit leiser Stimme dazu aufforderte, meinen Nebenjob, der sich wie Berufung anfühlte, auch endlich zu einer werden zu lassen. Ich wollte diese leise und eindringliche Stimme nicht hören, denn ich glaubte, ich könnte die Sicherheit meiner Festanstellung nicht aufgeben. Ich hatte solche Angst zu scheitern! Mein Körper hat mir jedoch gezeigt, wo es langgeht. Nachdem ich konkrete Ziele für mich formuliert hatte, nutzte ich die Imaginationstechnik (Übung 4), um diese Ziele auch zu erreichen.

Die Bedeutung von Visualisierung oder Imagination ist das bewusste und gezielte Vorstellen von Zuständen, die du dir in deinem Leben wünschst.

Es geht also um Fantasie! Fantasie ist Vorstellungskraft! Glaube versetzt Berge. Glaube mir, deine Vorstellung übt tatsächlich eine sehr starke Kraft aus.

Wir haben bereits erörtert, dass das Gehirn zwar zwischen Realität und Fantasie unterscheiden kann, der Körper aber trotzdem der Vorstellung folgt. Du erinnerst dich? Wir schauen einen schnulzigen Film und erleben das Drama gefühlsmäßig mit. Wir stellen uns vor, in eine Zitrone hineinzubeißen, und uns läuft das Wasser im Munde zusammen.

Das bedeutet, dass wir durch richtiges Imaginieren gezielt Einfluss auf unseren Geist und unseren Körper nehmen können.

Schauen wir Horrorfilme, schüttet unser Körper Stresshormone aus. Schauen wir *„schnulzige"* Filme mit Happy End, schüttet der Körper Glückshormone aus.

Durch das Imaginieren wirst du quasi Regisseur deines eigenen Films – mit dir in der Hauptrolle. Denke groß, aber achte darauf, dass deine Ziele nicht völlig unrealistisch sind, damit sie in genau den Hirnarealen abgespeichert werden können, wo wir sie auch haben wollen. Nicht bei Fiktion, sondern bei Realität. Was bringt Menschen dazu, zu handeln und auf ihre Ziele hinzuarbeiten?

Die Antwort ist: Emotionen!

Und was löst Emotionen aus? Genau, Gedanken! Unsere Emotionen sind nichts anderes als die chemischen Abfallstoffe unserer Gedanken. Gedanken zu visualisieren bedeutet nichts anderes, als kraftvolle Bilder aus ihnen zu erschaffen. Im Übrigen hat es sich bewährt, nicht nur die visuelle Ebene zu nutzen, sondern deine Vorstellungen mit allen Sinnesorganen wahrzunehmen.

Viele Menschen können sich nicht vorstellen, dass Imaginationstechniken eine Wirkung haben können. Das folgende Beispiel zeigt, dass sie sogar bei Fähigkeiten, die wir erlernen bzw. trainieren wollen, unterstützend wirken.

Vor ein paar Jahren gab es dazu ein spannendes Experiment

Die Teilnehmer wurden in drei Gruppen unterteilt, und das Experiment dauerte fünf Tage. Voraussetzung für die Teilnahme war, nicht Klavier spielen zu können.

Gruppe eins sollte jeden Tag für ein paar Minuten dieselbe einfache Abfolge an Noten auf einem Klavier spielen.

Gruppe zwei sollte sich jeden Tag bildlich vorstellen, dieselbe Abfolge von Noten zu spielen. Ohne dabei einem Klavier auch nur nahe zu sein.

Gruppe drei war lediglich die Kontrollgruppe und musste gar nichts tun.

Die Teilnehmer wurden jeden Tag einem Brainscan unterzogen. Beobachtet wurde dabei vor allem der Bereich, der für die Koordination der Finger zuständig ist. Das Ergebnis war so überraschend wie bahnbrechend.

Wie erwartet, wurden bei Gruppe eins neue Verbindungen im entsprechenden Hirnareal festgestellt. Dies wurde durch erhöhte Aktivität im Brainscan gezeigt.

Bei Gruppe drei, der Kontrollgruppe, kam es logischerweise zu keiner Veränderung.

Was jedoch für großes Erstaunen sorgte, waren die Brainscans der zweiten Gruppe. Denn diese unterschieden sich kaum von den Ergebnissen der ersten Gruppe. Auch hier wurde eine erhöhte Aktivität festgestellt.

Ich liebe die Sonne, die langen, dunklen Winter hingegen mag ich nicht besonders. Darum war damals eines meiner Ziele, von überall auf der Welt arbeiten zu können. Wohlgemerkt war dies lange vor Corona. Mein Satz dazu war: *„Ich genieße es, überall auf der Welt zu arbeiten und Menschen auf der ganzen Welt zu erreichen."* Als mich Klaus Bernhardt, der Leiter des Instituts für moderne Psychotherapie, nach einer Fortbildung bei ihm fragte, ob ich Teil seines Teams werden wollte, ging mein Wunsch in Erfüllung. Es war klar, dass mein Lebensmittelpunkt aktuell nicht Berlin war. Umziehen wollte ich nicht. Ich wollte jedoch sehr gern Teil des Teams sein. So begannen wir, die Onlinetherapie gesellschaftsfähig zu machen. Heute – zumindest zu Nicht-Corona-zeiten – verbringe ich immer mal wieder ein paar Wochen irgendwo auf der Welt und arbeite von überall aus. Auch dieses Ziel hat sich erfüllt.

Aus meiner Praxis:

Beatrice, 42 Jahre, Mutter von drei Mädchen – eines davon aus der ersten Partnerschaft – ursprünglich Architektin, zu diesem Zeitpunkt jedoch Hausfrau war . Beatrice erzählte in der ersten Sitzung, dass sie schon längere Zeit unglücklich in ihrer Beziehung sei. Sie liebe die Mädchen über alles, und doch fehlten ihr ihre Arbeit und der soziale Kontakt. Ihr Mann Ferdi wolle jedoch nicht, dass sie arbeiten geht. Das hätten sie nicht nötig, und er und vor allen Dingen die Mädchen – sechs, acht und dreizehn Jahre alt – würden sie dringender zu Hause brauchen. *„Im Grunde genommen"*, meinte Beatrice, *„ist das aber nur vorgeschoben, denn Ferdi, mein Mann ist ziemlich eifersüchtig."* Beatrice erzählte weinend, dass sie anfangs total glücklich gewesen sei, so viel Aufmerksamkeit von ihrem neuen Partner zu bekommen.

„Und doch meckerte er schon zu Beginn unserer Partnerschaft andauernd an mir herum. Irgendwie habe ich das auf eine kranke Art sogar genossen. Ich hab' doch einen Knall! Auf der anderen Seite machte er mir viele Komplimente und brachte regelmäßig Blumen oder kleine Aufmerksamkeiten mit. Anfangs dachte ich, es müsste an mir liegen, denn der Vater meiner ältesten Tochter hat auch ständig herumgestänkert. Und so versuchte ich alles, um ihm gerecht zu werden. Als es nach der Geburt unserer ersten gemeinsamen Tochter noch schlimmer wurde, war ich kurz davor, mich zu trennen. Aber bald darauf kam schon das nächste Kind. Inzwischen bin ich nur noch ein kleines duckmäuserisches Wesen und habe nicht mal mehr Kraft, zu streiten. Ich fühle mich unglücklich und einsam und mag morgens nicht mal mehr aufstehen.

Ich würde so gerne aus der Beziehung ausbrechen. Aber mir fehlt es einfach an der Kraft. Nachdem meine älteste Tochter mich vor Kurzem angespuckt hat und dabei wütend ausgerufen hat, ich wäre der größte Waschlappen, den sie kennt, und sei kein gutes Vorbild für sie, bin ich wach geworden. Ich muss etwas ändern!

Wir fanden schnell heraus, dass Beatrice schon in jungen Jahren häufig der Prellbock zwischen den Eltern gewesen war. Sie glaubte, sie sei schuld an den vielen Streitereien. Auch ihre jüngere Schwester habe sie immer schützen wollen und häufig die Schuld auf sich genommen. Ich erklärte Beatrice, dass ihr Filtersystem ihr ständig Situationen zeige, in denen sie sich schuldig fühlen würde, und vermutlich zudem bei ihr eine Adrenalin-CortisolSucht bestehe. Über die Auswirkungen dieser Sucht berichte ich in einem späteren Kapitel. Als erste Hausaufgabe ließ ich sie ihre Werte aufschreiben. Dann kamen ihre Zielsätze dran:

Ich genieße mein freies und selbstbestimmtes Leben und bin stolz darauf, Grenzen zu setzen.

Ich habe eine eigene wunderschöne Wohnung, in der meine eigenen Regeln gelten.

Ich liebe es, mit Freunden gemeinsame Dinge zu unternehmen.

Ich bin stolz darauf, von anderen wertgeschätzt zu werden.

Ich liebe meine kreative Arbeit als Architektin und verdiene damit gutes Geld.

Ich bin der wichtigste Mensch in meinem Leben.

Ich erfreue mich daran, wie ich innerlich von Tag zu Tag stärker werde.

Ich genieße mit einer Freundin ein Urlaubswochenende in einer tollen Stadt.

Ich habe das Recht, glücklich zu sein, und spüre Tag für Tag mehr Leichtigkeit in meinem Leben.

Ich verantworte meine Fehler in Würde und überlasse den anderen ihre.

Beatrice arbeitete mit diesen Sätzen zwölf Wochen, bis sie es schaffte, sich von Ferdi zu trennen. Heute, fünfzehn Monate später, arbeitet sie zum Teil im Homeoffice als freischaffende Architektin, hat einen guten Freundeskreis und genießt ihre Freizeit. *„Am stolzesten"*, sagt sie, *„bin ich jedoch darauf, dass mich meine Mädchen wieder mit Respekt anschauen."*

Aus meiner Praxis:

Kai, 36 Jahre, verheiratet und Vater von einem dreijährigen Zwillingspärchen, war Account Manager in einer mittelständischen Firma. Er kam zu mir und klagte über Erschöpfung, Schlafstörungen, Unruhezustände, Konzentrationsprobleme, Schwindel und Rückenschmerzen. *„Ich wollte eigentlich vor meinem 35. Geburtstag zum Abteilungsleiter befördert werden"*, sagte er mit einem müden Lächeln, als er das erste Mal zu mir kam. *„Ich habe mir – entschuldigen Sie bitte meine derben Worte – wirklich den Arsch aufgerissen. Habe Überstunden gemacht und guten Umsatz generiert. Ich stand kurz vor der Beförderung – aber dann sind wir umstrukturiert worden. Ich bekam einen neuen Chef, der irgendwo in Holland sitzt, und von diesem Tag an ging es nur noch bergab. Ich arbeitete noch mehr, habe unterbewusst aber sehr schnell begriffen, dass es in dieser Firma für mich keine Beförderung mehr geben wird. Eigentlich wollte ich mir deshalb einen neuen Job suchen, aber durch die neuen, schwer erreichbaren Ziele hatte ich noch weniger Freizeit und war abends so platt, dass ich nicht mal mehr mit den Zwillingen spielen wollte. Ich arbeitete noch härter, konnte einfach nicht glauben, dass meine Leistung nicht anerkannt wird. Und dann begannen zunächst die Rückenschmerzen. Ich sollte mehr Sport treiben, meinte der Orthopäde. Aber wo sollte ich denn dafür noch die Zeit hernehmen? Ich nahm sie mir trotzdem. Meine Gesundheit ist wichtig, das weiß ich. Aber dann fing der Ärger mit meiner Frau an, weil ich abends entweder im Fitnessstudio zum Rückentraining war oder schlagkaputt auf der Couch lag. Mit mir war nichts mehr anzufangen. Und die Zwillinge, so sehr ich sie auch liebte, nervten mich nur noch. Eines Morgens, direkt nach dem Aufstehen, war mir extrem schwindelig, und ich ging zum Arzt. Der Blutdruck war minimal erhöht, aber das war es auch schon. Das Blutbild, das der Arzt anfertigte, zeigte keinerlei Auffälligkeiten. Meinem Körper war das aber egal. Dem war trotzdem noch schwindelig. Dazu kam auch noch eine ganz eklige, innere Unruhe. Obwohl* *ich total im Eimer war, konnte ich nicht mehr entspannt auf der Couch liegen. Mir ging es nur dann einigermaßen gut, wenn ich im Fitnesscenter war oder spazieren ging. Meine Frau dachte zu diesem Zeitpunkt schon, ich hätte ein Verhältnis. Ich schleppe mich regelmäßig in die Firma, weil ich, obwohl ich todmüde bin, morgens zwischen vier und fünf Uhr aufwache und nicht mehr einschlafen kann. Ich habe es immer geliebt, draußen beim Kunden zu sein. Aber selbst da kann ich mich nicht mehr richtig konzentrieren. Ich war noch dreimal bei verschiedenen Ärzten und sogar im Schlaflabor. Organisch bin ich völlig gesund. Mein Hausarzt hat mich nun erst mal wegen Burnout krankgeschrieben. Ich kann nicht mehr in diese Firma gehen. Alles in mir drin sträubt sich dagegen. Wirklich, das hat nichts mit Wollen zu tun! Ich weiß, ich müsste fair sein und kündigen. Aber mal ehrlich. So wie ich momentan drauf bin, so nimmt mich doch keine Firma!"*

Am Ende der ersten Sitzung fanden wir heraus, dass Kai schon als Kind den Geruch von Kaffeehäusern liebte und ein absoluter Experte in Bezug auf Kaffeesorten und deren Zubereitung war. Am liebsten würde er ein kleines, aber exquisites Kaffeehaus eröffnen.

„Was hindert Sie daran?", fragte ich ihn.

„Du liebe Zeit, Frau Naumann! Das Geld natürlich! Ich versorge die ganze Familie! Da kann ich nicht einfach eben mal so meinen Jugendtraum leben!" „Warum glauben Sie, dass Sie scheitern?", wollte ich wissen.

„Ich weiß nicht, ob ich wirklich glaube, dass ich scheitere. Aber auch mein Vater hat damals seinen Beruf als Seemann aufgegeben, um das Lebensmittelgeschäft seines Schwiegervaters zu übernehmen, als wir Kinder kamen."

„Aha", sagte ich nickend. *„Und wie geht es Ihrem Vater heute damit?"*

„Mein Vater ist vor zehn Jahren an Leberzirrhose gestorben. Er war Alkoholiker."
Wir schwiegen beide eine Weile und ließen das Gesagte im Raum stehen.

Dann begann er wieder zu sprechen: *„Glauben Sie wirklich, ich könnte mit so einem Kaffeehaus Erfolg haben?" „Ich glaube das schon"*, antwortete ich, *„viel wichtiger ist aber die Frage, was Sie glauben!"*

Ich kürze das jetzt mal ab: Die Übergangszeit war nicht einfach. Aber Kai wollte wirklich. Praktizierte regelmäßig Übung 4 und war deshalb hoch motiviert. Er fand Mittel und Wege, seinen Traum umzusetzen, und sein Unterbewusstsein half ihm dabei. Kai strotzt heute geradezu vor Energie, hat dreizehn Monate nach Beginn des Imaginationstrainings ein sehr exquisites und äußerst lukratives Kaffeehaus eröffnet und ist seit Kurzem nun auch noch Besitzer eines Feinkostladens. Seine Ehe ist wieder glücklich, und er genießt es, wenn seine Familie ihn jederzeit im Laden besuchen kann.

Seine zehn Sätze waren zu Beginn folgende:

Ich bin stolz darauf, mein eigener Chef zu sein, und freue mich jeden Tag erneut auf den unvergleichlichen Duft in meinem Kaffeehaus.

Ich setze meine beruflichen Pläne kontinuierlich und in meinem Tempo um.

Ich feiere die Eröffnung meines Ladens, und alle lieben Men schen in meinem Leben feiern mich und meinen Mut.

Ich habe eine harmonische Partnerschaft und genieße die Zeit mit meiner Familie.

Ich strotze vor Gesundheit und Lebenskraft.

Ich bin jeden Tag stolz darauf, mutig meinen Weg zu gehen und mich immer für die beste Option zu entscheiden.

Kunden und Geschäftspartner lieben die entspannte Atmosphäre meines Ladens und empfehlen mich gerne weiter.

Meine Gesundheit und meine Lebensfreude sind mein größtes Kapital, und ich hege und pflege beides wie einen großen Schatz.

Ich lebe meinen Kindern ein gutes Leben vor.

Ich bin dankbar für die tolle Frau an meiner Seite, die mir immer den Rücken freihält und an mich und meine Pläne glaubt.

In dem Moment, in dem wir imaginieren, passiert Folgendes im Gehirn:

Du gibst dem Gehirn ganz klare, gute Zielbilder vor. Du schüttest genau die gleichen Glückshormone aus, als wärst du tatsächlich gerade in der entsprechenden Situation.

Das Gehirn liebt Muster, weil es dadurch Strom sparen kann, und hält unterbewusst permanent Ausschau nach diesen Zielbildern. Nur mal zum Vergleich: Das Unterbewusstsein schafft es, 50 000 bis 80 000 Informationen pro Sekunde zu verarbeiten. Unser kühles, klares Bewusstsein, auf das wir in der Regel stolz sind, schafft es gerade mal, fünf bis acht Informationen pro Sekunde zu verarbeiten. Wenn du regelmäßig übst, verändern sich deine Synapsen. Die alten ausgelatschten Wege, die längst überholten Glaubenssätze verkümmern, und du veränderst dadurch Schritt für Schritt dein Filtersystem. Dort, wo vor Kurzem – in deiner Realität – noch Ängste, Probleme und Schwierigkeiten waren, entstehen auf einmal Chancen, für dich greifbare Möglichkeiten und Optionen.

Du hast beim Lesen richtig Lust gekriegt, nun auch selbst loszulegen und dein Traumleben, dein Wunschkonzert in Angriff zu nehmen?

Alles klar! Dann kommt jetzt die Anleitung zur Imaginationstechnik.

ÜBUNG 4: IMAGINATIONSTECHNIK

Übe regelmäßig. Gut sind 15 Minuten am Tag. Sehr gut sind 20 Minuten am Tag. Du kannst die Übung an einem Stück machen oder in zwei oder mehrere Einheiten aufteilen. Suche dir einen Ort, an dem du nach Möglichkeit ungestört bist.

Die beste Zeit zu üben ist frühmorgens direkt nach dem Aufwachen oder abends vorm Einschlafen, da das Gehirn dann im ThetaModus und besonders durchlässig und aufnahmefähig ist. Jede andere Zeit ist auch okay. Du kannst diese Übung – jeder Zahnarzt wird mich für diese Aussage steinigen – sogar bei der täglichen Zahnpflege oder auf der Toilette durchführen. Viel hilft viel in diesem Fall!

Nimm dir den ersten deiner zehn Zielsätze vor und lasse ihn wie einen Film in einem 5D-Kino vor deinem geistigen Auge ablaufen.
„5" deshalb, weil die Übung deutlich effektiver ist, wenn dabei alle fünf Sinne beansprucht werden.

Wenn du an dir hinunterschaust: Was hast du für Schuhe an oder bist du sogar barfuß? Welche Klamotten trägst du? Wenn du in den Himmel schaust, was siehst du da? Sonne, Wolken, eine Mischung aus beidem? Vögel? Wenn du deinen Blick in die Ferne schweifen lässt, was siehst du dann? Sitzt dir jemand gegenüber? Falls ja, wie sieht derjenige aus? Wie schaut er dich an?

Du kannst auch eine Strecke zu Fuß, im Auto o. Ä. zurücklegen und diese Bilder auf dich wirken lassen.

Jetzt lässt du deinen Film noch einmal ablaufen, schaltest aber um auf den Hörsinn: Was hörst du für Geräusche in deiner Umgebung? Was sagt dein Gegenüber zur dir? Was sagst du in diesem Moment zu dir selbst? Vielleicht hörst du dich ja auch vor lauter Begeisterung jubeln oder andere bejubeln dich?
Nächster Schritt: Gleicher Film, neuer Sinn – der Geruchssinn.

Was riechst du? Vielleicht duftet es nach Kaffee, würziger Pastasauce, Frühlingsblumen oder dem Parfum des Partners?

Wieder umschalten auf den Geschmackssinn: Was kannst du schmecken?Vielleicht die Meeresluft und den salzigen Kuss deines Geliebten, den dunkelroten, würzigen Wein oder die süße Hochzeitstorte?

Vielleicht findest du nicht bei jedem Satz die Möglichkeit, auch den Geschmackssinn einzubeziehen. Mache dir keine Gedanken, das ist nicht schlimm.

Zum Ende gehst du noch einmal den ganzen Film in einer Art Bodyscan durch. Wie fühlt sich der Sitz des nagelneuen Autos unter deinem Hintern an? Wie die zärtliche Berührung des geliebten Menschen an deiner Seite? Wie fühlt es sich an, wenn du voller Energie schon morgens aus dem Bett springst, begierig darauf, den neuen Tag zu erleben?

Am nächsten Tag nimmst du dir Satz zwei vor. Am übernächsten Tag den dritten Satz und so weiter. Bist du einmal durch, beginnst du von vorn. Manchmal stellen wir nach einer Weile fest, dass ein Satz oder Ziel doch nicht gut ist. Macht nichts. Das ist ganz normal und Teil des Prozesses. Streiche ihn einfach und ergänze ihn durch einen neuen Satz.

Wenn du ein Ziel erreicht hast, streiche es durch und finde ein neues Ziel.

Aus meiner Praxis:
Ich hatte mal eine Klientin, Paula 41 Jahre, die mit Panikattacken zu mir kam. Die Frau war hoch motiviert und nutzte die Imaginationstechnik intensiv. Nach kurzer Zeit waren nicht nur ihre Panikattacken weg, sondern sie erreichte voller Stolz ein Ziel nach dem anderen. Nach der dritten Sitzung hörte ich eine Weile nichts mehr von ihr. Ich freute mich aber über eine E-Mail, in der sie mir mitteilte, dass es ihr richtig gut gehe und sie schon acht von zehn Zielen erreicht habe und sich ihr ganzes Leben verändert habe.

Nach elf Monaten wollte sie dringend einen neuen Termin. Es würde bergab gehen, obwohl sie doch alle, wirklich alle Ziele erreicht habe!

Wichtig ist, dass wir nicht aufhören, uns neue Ziele zu setzen, uns immer wieder neu zu fokussieren. Denn gerade schlaue Gehirne arbeiten sich (wie ein Hund, der sich vor Langeweile das Fell ausrupft) zur Not an sich selbst – auch gerne mal mit Ängsten – ab, wenn sie sonst nichts zu tun haben.

Und hier noch ein Impuls als super Motivationsbooster: Feiere jedes Ziel, ja sogar das Erreichen jedes noch so kleinen Teilziels!

In meinen Sitzungen mache ich *„feiern"* immer folgendermaßen vor:
Ich reiße die Hände nach oben und kreische wie eine Verrückte:
„Jaaaaaaaaa, ja, jaaaaaaaa, ich bin soo stolz auf mich!"

In dem Moment, in dem wir uns so feiern, schüttet das Gehirn einen Haufen Dopamin aus. Und glaube mir, das Gehirn liebt Dopamin wie ein kleines Kind Schokolade! Da das Gehirn mehr davon will, sucht dein Unterbewusstsein wie ein Trüffelschwein nach weiteren Chancen und Möglichkeiten, die dich dazu bringen, noch mehr zu feiern und noch mehr Schokolade zu produzieren. Du kannst übrigens jedes Ziel in Bezug auf dich, eine glückliche Partnerschaft, beruflichen Erfolg oder finanzielle Unabhängigkeit imaginieren. Ja, sogar einen gesunden Körper und Geist. Das ist jedoch keinesfalls eine Empfehlung dafür, eine ärztliche Therapie oder Medikation abzubrechen!

Noch ein kleiner Hinweis am Rande: Diese Imaginationstechnik funktioniert nur in Bezug auf dich und deine persönlichen Ziele. Wir können uns zum Beispiel vorstellen, dass wir in einer liebevollen, monogamen Partnerschaft leben, wenn wir das wollen. Das regelmäßige Imaginieren wird einen immer wieder ehebrechenden Partner nicht verändern, dich selbst aber vermutlich dazu motivieren, dich zu trennen und einen Partner zu finden, der die gleichen Werte lebt wie du selbst.

DAS MENSCHLICHE GEHIRN – TEIL 4:

STRESS = BOOSTER UND BLOCKADE

Ich habe die Erfahrung gemacht, dass Stress ein großartiger Booster beim Erreichen unserer Ziele, jedoch auch absolut kontraproduktiv sein kann. Daher habe ich unserem *„geliebten Stress"* ein eigenes Kapitel gewidmet.

Es ist die Dosis, die das Gift macht! Dieser schlaue Spruch gilt auch beim Stress. Es kommt auf die Dauer und die Intensität an. Tatsächlich wirkt ein gewisses Maß an körperlicher Erregung sogar positiv auf die Gedächtnisleistung. Ein hoher Stresslevel bewirkt jedoch das Gegenteil. Es gibt viele Studien zum Thema Stress, aber alle sind sich darin einig, dass sich Dauerstress schädlich auf den gesamten Organismus auswirkt.

Stress hat aber auch gute Seiten, meint Gerald Hüther, Professor der Neurobiologie an der Klinik für Psychiatrie und Psychotherapie der Universität Göttingen. Denn Stress bedeutet zunächst einmal nicht mehr, als dass der Körper in der Folge einer wahrgenommenen Belastung besonders leistungsbereit ist. Eine Mobilisierung sozusagen, die nicht nur bei einer Bedrohung der körperlichen Unversehrtheit nützlich ist. *„Ohne Stress würden wir uns gar nicht weiterentwickeln"*, sagt Hüther und: *„Belastung stählt!"*

Ein Immunsystem, das immer nur geschont wird, weiß nicht, wie es Angriffe abwehren soll. Wer keine Rückschläge erleidet, keine Krisen meistert, kann nicht über sich hinauswachsen und Vertrauen in die eigenen Fähigkeiten entwickeln. Kurz: Wer keinen Stress erlebt, hält nichts aus.

Dass viele über Stress klagen, meint Gerald Hüther, heißt nicht, dass sie wirklich die Grenzen ihrer Leistungsfähigkeit erreicht haben und in ihrem Gehirn eine Stressreaktion abläuft. Tatsächlicher Stress entsteht erst dann, wenn Menschen in eine Situation kommen, die sie nicht mehr bewältigen können. Das sind meist Umstände, in denen sie ihre Arbeit nicht mehr selbst gestalten können oder in denen das psychosoziale Umfeld wegbricht.

Auch ich genieße meine tägliche, gut dosierte Portion Stress. Da bin ich hellwach, superkonzentriert und kann alles, was unwichtig ist, ausblenden. Schwierig wird es nur dann, wenn die aufgebaute Spannung nicht zeitnah abgebaut werden kann. Schreien, dem Gegenüber eins auf die Rübe geben, wegrennen oder sich auf den nächsten Baum retten geht im Alltagsleben meistens nicht, selbst wenn wir körperlich das Gleiche wie unsere Vorfahren in der Steinzeit erleben, wenn wir auf irgendeine Art von Mammut treffen:

Im Gehirn, genauer gesagt im Locus coeruleus (blauer Kern), wird zunächst Noradrenalin produziert. Dieses aktiviert den Sympathikus. Das wiederum hat zur Folge, dass Atmung und Puls spürbar anziehen. Der Blutdruck steigt, und das Herz schlägt deutlich schneller, sodass mehr Blut durch Körper und Gehirn zirkuliert. Dadurch wird vor allem die Sauerstoffversorgung verbessert, wodurch wir hellwach und leistungsfähig sind. Der Kreislauf fährt auf Hochtouren. Durch eine Aktivierung des Sympathikus wird nun das Mark der Nebennieren aktiviert, und dadurch kommt es dann zur Freisetzung von Adrenalin. All das passiert in Sekundenschnelle, wenn unser Gehirn Stress-, Fluchtoder Angstreize signalisiert.

Im Angesicht des Mammuts und nun im *„Fight-or-Flight-Modus"* würden wir genau eines der beiden Dinge tun: Wir würden entweder kämpfen oder die Beine in die Hand nehmen und abhauen.
In dem Moment, in dem wir uns wieder sicher fühlen würden, nähme auch

die sympathische Aktivierung ab, und die Stressreaktion durch das Adrenalin wäre beendet.

Jetzt stellen wir uns aber vor, dass wir in der Ferne schon das nächste Mammut sehen. Wenn sich daraufhin unser Gehirn nicht eindeutig entscheidet, dass der Stress vorbei ist, bleibt es bei einer konstanten Freisetzung von Noradrenalin. Ungefähr 15 bis 20 Minuten nach der Adrenalinausschüttung kommt dann sogar noch ein drittes Hormon und Neurotransmitter, nämlich Cortisol, hinzu, das den Körper vor den ungünstigen Folgen einer zu langen Hochaktivierung durch Adrenalin schützen soll und gleichzeitig für eine erhöhte, länger anhaltende Wachsamkeit auf einem niedrigeren Niveau sorgt. Außerdem sorgt es dafür, dass vermehrt Zucker im Blut für Muskeln und Gehirn bereitgestellt wird, und wirkt obendrein noch überschießenden Entzündungsreaktionen entgegen.

Wir können also resümieren, dass Stresshormone sicherstellen, dass wir handlungsfähig sind und schnell auf gefährliche Situationen reagieren können.

Hält Stress jedoch länger an, kommt ein anderer, nachteiliger Effekt des Cortisols zum Tragen: Cortisol kann, ähnlich wie eine Droge, abhängig machen.

Ich war jahrelang nicht nur ein Adrenalinund Cortisoljunkie, sondern auch nikotinsüchtig. Wenn ich abends mit meiner besten Busenfreundin einen *„gemütlichen Abend"* veranstaltete, dann bedeutete dies für jede von uns eine Flasche Wein (nein, alkoholsüchtig waren wir zum Glück nicht) und ein Päckchen Kippen. Wir wurden in kürzester Zeit immer redseliger, rauchten eine nach der anderen und hatten eine Menge Spaß.

Am nächsten Morgen folgte das böse Erwachen. Ein Kater im Kopf und im Mund das Gefühl, über Nacht einen Eimer Asche *„gefressen"* zu haben. Der Hals schmerzte, die Stimme klang nach Telefonerotik. Die ersten zehn Minuten des Tages schwor ich mir regelmäßig, endlich Schluss zu machen mit dieser ekelhaften Gewohnheit. Und ich ließ es sein – für ungefähr 15 Minuten. Denn in irgendeiner Ecke meines Körpers *„ziepte"* etwas. Da war ein Mangel. Nicht so, dass es schmerzte, aber es war klar, dass etwas Gewohntes fehlte. Immer wieder schlich ich bewusst oder unterbewusst um das Zigarettenpäckchen herum, und schwups hatte ich – so schnell konnte ich gar keinen klaren Gedanken fassen – die nächste Kippe angezündet. Ganz ehrlich? Die erste Zigarette war jedes Mal nach einem solchen Gelage am Vorabend ziemlich pfui. Aber spätestens nach der dritten ging es wieder. Ich hatte wieder meinen üblichen Nikotinpegel, und alles fühlte sich *„normal"* an. Ja, vielleicht immer noch ein bisschen eklig, aber auch bittersüß vertraut.

Ein Adrenalinund Cortisoljunkie war ich schon lange, bevor ich ein Nikotinjunkie wurde. In frühester Kindheit durch meine Ursprungsfamilie und den nachfolgenden Heimaufenthalt traumatisiert und hospitalisiert, hatte ich einen Haufen Macken. Unter anderem mochte ich, auch wenn ich das bis ins höhere Erwachsenenalter abgestritten hätte, das Gefühl, gestresst zu sein. Deshalb spielte ich als Zehnjährige mit dem Nachbarsmädchen Birte auch total gern *„Zwei Kinder auf einem verlassenen Schiff"*:

Die ummauerten Mülltonnenkästen vor unserem Block waren unsere Schiffe, und jedes Mal dachte ich mir actiongeladene Regieanweisungen für unser Spiel aus:

Jede war auf ihrem Schiff allein. Es regnete in Strömen, und ein dunkler, alles vernichten wollender Sturm zog auf. Wir hatten beide jeweils nur ein Ruder (eine Schippe), eine letzte Wasserflasche. Auch der Proviant war knapp, und ich warf ihr von meinem Schiff aus das letzte Salzstangenpäckchen zu.

Und dann stürzten wir uns ganz in unsere selbst erschaffene Welt. Diese Welt würde untergehen. Wir würden untergehen. Doch wir kämpften mit dem bisschen, was wir hatten, ums nackte Überleben. Wir sahen riesige, grelle Blitze am dunklen, wolkenverhangenen Himmel. Wir hörten den Donner, und der Sturm wurde immer stärker. Wellenberge, die so groß waren wie Hochhäuser, überrollten unsere Schiffe. Fast kenterten wir. Schreckliche Meerungeheuer wollten uns fressen oder zumindest in die Tiefen des Ozeans hinabziehen. Doch wir gaben nicht auf und kämpften weiter. Und endlich, endlich spürte ich das bittersüße, vertraute Gefühl. Als ob ich ein kleines Puzzleteil wäre, das nun an seinem, für sich bestimmten Platz angekommen war. Ich fühlte mich ganz und zu Hause.

Das mag schräg klingen. Subjektiv, als fühlender Mensch betrachtet, ist es das auch, denn das Gehirn mag die vertraute Hölle tausend Mal lieber als den unbekannten Himmel. Einfach nur aus Energiespargründen, weil die Datenautobahn zur Hölle so gut ausgebaut beziehungsweise verschaltet ist. Und dann kommt ja auch noch der Adrenalinund Cortisolkick dazu.

Das ist einer der Gründe dafür, warum Menschen in ihrem Leben manche Dinge und Situationen immer wiederholen, obwohl sie ihnen schaden. Auf genau diese Art und Weise schaffen sie selbst immer und immer wieder Umstände und Erlebnisse, die sie stressen – einfach, weil sie ihnen vertraut sind und ihr Gehirn darauf anspringt.

„Cortisol ist wie Feuer", meint der Ex-Leistungssportler Jacob Drachenberg. *„Man kann es richtig gut nutzen, um Höchstleistungen zu erbringen. Gleichzeitig kann es einem aber auch schnell die Bude abfackeln."*

Natürlich werde ich in meiner Praxis häufig gefragt, woher man weiß, dass man ein Adrenalinoder/und Cortisoljunkie ist und was man dagegen tun kann.

Zunächst sollten wir differenzieren zwischen kurzfristigem, positivem Stress, der die Freisetzung von Adrenalin bedingt, und langfristigem Stress, bei dem zusätzlich Cortisol ausgeschüttet wird. Adrenalin aktiviert uns kurzfristig und hat zahlreiche positive Effekte. Der vielleicht größte Effekt besteht darin, dass Adrenalin uns wach, leistungsfähig und aktiv macht. Inzwischen gibt es sogar verschiedene Studien, die belegen, dass Adrenalin die Gedächtnisleistung erhöht. Ein weiterer Vorteil des Adrenalinkicks ist das gute Gefühl, *„es geschafft* *zu haben"*, wodurch der Körper Dopamin ausschüttet. Dopamin, das hatten wir schon, ist fürs Gehirn so etwas wie Schokolade für kleine Kinder . So kann, eben wie auch bei Schokolade, ein Suchteffekt entstehen.

Darum ist der Adrenalinjunkie in der Regel auch schnell gelangweilt, er kann nicht einfach nur am Strand herumliegen. Er muss etwas unternehmen – am liebsten Bungeespringen, Wildwasser – Rafting, Paragliding oder Freeclimbing!

Dagegen haben Menschen, die regelmäßig unter großem Stress stehen, oft das Gefühl, von einer Baustelle zur nächsten rennen zu müssen. Sie entwickeln häufig einen problemfokussierten Tunnelblick. Außerdem fällt es ihnen schwer, sich zu entspannen, oder sie fühlen sich vielleicht sogar schuldig, wenn sie versuchen, ihre Freizeit zu genießen, weil sie glauben, sie müssten etwas Produktiveres tun.

Wenn sie Urlaub machen, dauert es eine Weile, bis sie abschalten und entspannen können. Manchmal denken sie sogar im Urlaub weiterhin an die Arbeit, und es macht ihnen Sorgen, was während ihrer Abwesenheit alles schieflaufen könnte. Es kommt sogar vor, dass sie kaum noch Lust haben, überhaupt in den Urlaub zu fahren, weil die Arbeit davor und danach dann noch mehr sein könnte. Wenn sie es aber tatsächlich mal geschafft haben, Arbeitslaptop und -handy zu Hause zu lassen, kann es sogar sein, dass sie nicht wissen, was sie mit ihrer Freizeit anfangen sollen. Sie haben völlig vergessen, was ihnen Spaß macht!

In der Regel haben Adrenalinund Cortisoljunkies einen total vollgestopften Terminkalender. Einer muss sich ja darum kümmern! Im Geheimen lieben sie den Stress, setzen sich unnötig knappe Fristen und neigen dann doch dazu, Dinge bis auf die allerletzte Minute hinauszuzögern, weil es sich so gut anfühlt, es doch noch geschafft zu haben!
Oft haben sie Schlafprobleme, und es ist nie genug Zeit für alles. Keine Zeit für Pausen oder ein Mittagessen. Schon gar nicht fürs Faulenzen. Die Liste ihrer To-dos ist endlos, und häufig geben sie sogar mit ihrem übervollen

Kalender an. Familie und Freunde treffen wäre ja schon schön, aber doch auch etwas lästig. Am schlimmsten ist warten. Egal ob auf jemanden oder auf irgendetwas. Warten fühlt sich unproduktiv an, und das mögen Adrenalinund Cortisoljunkies gar nicht. Sie ärgern sich auch schnell über Situationen oder Verhaltensweisen anderer, wenn es nicht so läuft, wie sie es geplant haben. Sie glauben wirklich, rund um die Uhr beschäftigt zu sein und permanent unter Druck zu stehen, sei Teil ihres Charakters. Oft leben sie für die Zukunft: einer, in der dann alles besser wird. Sie glauben, dass ihre harte Arbeit und die schöne Gegenwart, die sie dafür opfern, sich eines Tages auszahlen werden. Doch das sagen sie schon seit Jahren.

Außerdem – last but not least – neigen sie zu Dramen. Irgendwas ist immer! Kaum wollen sie einmal ausspannen, gibt es ein Problem. Sie merken nicht, dass sie nicht das Opfer der Umstände sind, sondern der (Er-)Finder beziehungsweise die Ursache. Schließlich haben sie lange Zeit Gesundheit, Freunde und Familie hintangestellt, und das poppt dann natürlich irgendwann auf.

Ständiger Stress führt niemals zu Erholung, sondern nur zu weiterem Stress. Schon allein, weil es wie bei den meisten Drogen zu einem Gewöhnungseffekt im Gehirn kommt. So wie die Wirkung des Cortisols lässt auch die Wirkung des Wohlfühlbotenstoffs Dopamin unter Dauerstress nach. Wir brauchen mehr Stress, mehr Anstrengung, andere Reize, um einen vergleichbaren Effekt zu erzielen – und treiben unser Hamsterrad weiter voran. Im chronischen Stresszustand wird viel Energie benötigt, gleichzeitig wirkt Cortisol aber entzündungshemmend, was dazu führt, dass auf längere Zeit das Immunsystem leidet.

Das hat fast jeder schon mal erlebt: Wir haben über einen längeren Zeitraum und gerade kurz vorm dringend benötigten Urlaub noch mal richtig Gas auf der Arbeit gegeben. *„Durchhalten!"* haben wir uns ständig – wie ein Mantra – selbst beschworen. Dann geht es endlich los, und wir freuen uns wie Bolle. Sobald wir aber endlich im Urlaub sind, herunterkommen und entspannen, werden wir krank.

Außerdem ist zu viel Cortisol, im Gegensatz zu Adrenalin, auch häufig verantwortlich für Schlafprobleme: Es hemmt die Produktion von Melatonin und versetzt uns in einen Zustand der dauerhaften Alarmbereitschaft. Was manchmal – wenn wir lange über unsere Grenzen gegangen sind – sogar zu Panikattacken führen kann. Inzwischen ist erwiesen, dass zu viel Cortisol auch Auswirkungen auf die Psyche haben kann. Erschöpfung und depressive Verstimmungen können die Folgen sein.

Cortisol abzubauen ist also nicht nur gesund, sondern hat obendrein eine figurfreundliche Nebenwirkung. Ist der Körper nämlich nicht mehr in Alarmbereitschaft, gibt es keinen Grund, Glucose und Fettsäuren für Kampf oder Flucht freizusetzen. Das Cortisol im Körper zu senken hilft also auch beim Abnehmen.

Vielleicht möchtest du an dieser Stelle noch mal zu deinen Notizen-zurückblättern.

Auf welchem Planeten sind deine Baustellen? Wovon willst du gerade mehr, wovon darf es etwas weniger sein?

Eines ist mir sehr wichtig: Egal was für Erkenntnisse du in diesem Buch erhältst, mach dich nicht herunter! Ja, es gibt Baustellen in deinem Leben auf irgendeinem oder auch auf mehreren deiner Planeten. Aber erstens gibt es Baustellen in jedem Leben, und zweites gab es jedes Mal einen guten Grund. Entweder weil dir das Wissen fehlte oder die Möglichkeit. Es ist überhaupt nicht sinnvoll, die Vergangenheit zu verteufeln und dich herunterzuputzen. Du hast jetzt in der Gegenwart zu jedem Zeitpunkt die Möglichkeit, die Weichen für deine gute Zukunft zu stellen.

Hier zehn ultimative Impulse, die helfen können, dein gesamtes Universum etwas zu entspannen.

1. Checke deinen Terminkalender.

Nimm dir Zeit, einen Blick auf deinen Terminkalender zu werfen. So, wie du Zeit für deine Arbeitsprojekte einplanst, kannst du dir mit deinem neuen Blick auf deine Bedürfnisse nun auch Termine für die anderen wichtigen Aspekte deines Lebens einplanen. Vielleicht kannst du den unterschiedlichen Welten in deinem Kalender sogar verschiedene Farben geben. So bekommst du auf einen Blick einen ziemlich guten Überblick.

2. Überprüfe deine „Verpflichtungen".

Was sind das für *„Verpflichtungen"*, die du hast? Und was bringen sie dir? Gibt es vielleicht Verabredungen, die du nur aus Angst angenommen hast, weil du glaubst, etwas zu verpassen? Oder aus einer Gruppendynamik heraus, weil „alle" dabei sind und du deshalb, ohne groß darüber nachzudenken, ebenfalls zugesagt hast?

Eines meiner wichtigsten Mantras lautet: *„Einen Scheiß muss ich."* Das macht mir immer wieder klar, dass ich Wahlmöglichkeiten habe. Natürlich stelle ich dabei auch manchmal fest, dass es Dinge gibt, auf die ich zwar keinen Bock habe, zu denen ich mich aber trotzdem, weil es für mich gute Gründe gibt, entscheide.

3. Fällt es dir schwer, Nein zu sagen?

Überlege, ob ein Teil deiner Überlastung darauf zurückzuführen ist, dass es dir schwerfällt, Bitten abzulehnen. Ich verstehe, wenn du ein *„guter Freund"* sein willst, aber solltest du nicht dir selbst dein allerbester Freund sein? Niemand hat etwas davon, wenn du alles für alle anderen tust und dabei selbst – und glaube mir, irgendwann auch körperlich – auf der Strecke bleibst. Ein kleiner Tipp, der es leichter macht: Wir müssen ja nicht sofort Nein sagen. Wir könnten zum Beispiel antworten: *„Lass mich kurz darüber nachdenken, ich sage dir gleich Bescheid."* Dann nimmst du dir die Zeit, kurz in dich hineinzuhören: Was will ich wirklich diesbezüglich? Was bin ich bereit zu geben? Und nicht, wie vielleicht gefordert, heute, sondern eventuell zu einem anderen Zeitpunkt?

Das braucht anfangs vielleicht etwas Überwindung. Und ja, es wird Menschen geben, die vielleicht irgendwann zu dir sagen: *„Ich erkenne dich ja gar nicht wieder!"* Oder: *„Früher konnte man auf dich zählen, aber jetzt bist du echt ein Egoschwein geworden!"* Ich sage dir was, und ich meine das total ernst: Deine wirklichen Freunde, also die, mit denen du sogar einen Krieg gewinnen könntest, werden begeistert sein, dass du endlich für dich einstehst. Die anderen brauchst du nicht. Das sind die, denen *„nehmen seliger ist als geben"*, und die haben dich schon genug Kraft und Nerven gekostet, sodass es unterm Strich sogar ein Gewinn ist, sie zu verlieren.

4. Lerne, dich zuzumuten und wertzuschätzen.

Bitte Freunde um Unterstützung. Du würdest für sie (nach kurzem Nachdenken :-)) das Gleiche tun! Durch die Unterstützung von anderen bekommst du das Gefühl von Gemeinschaft und Wertschätzung. Dein Gehirn hat vielleicht noch nicht begriffen, wie wertvoll du bist. Also zeige es ihm immer und immer wieder. Du darfst das letzte Stückchen Käse auf der Platte nehmen. Wenn du auf Besuch bisher immer auf dem wackeligsten Stuhl gesessen hast und danach Rückenschmerzen hattest, dann ändere das. Sollen sich ruhig die anderen (solange sie nicht alle deutlich älter sind als du) mal auf dem klapprigen Ding Rückenschmerzen holen! Du kannst *„Zumuten"* und *„Wertschätzung"* auch üben, indem du zum Beispiel in der Bäckerei sagst: *„Nein, nicht dieses Brötchen, können Sie mir bitte das da ganz hinten geben, das sieht am knusprigsten aus!"* Ja, auch das wird anfangs etwas Mut brauchen. Aber am Ende fühlt es sich großartig an, und dein Gehirn versteht immer mehr, wie wertvoll du bist. Und – keine Angst – ich verspreche dir, du wirst trotzdem niemals ein wirkliches *„Egoschwein"* werden. Vielleicht gefühlt, eine Weile, etwas *„zickiger"* als sonst für die anderen, aber am Ende pendelt sich alles auf ein gesundes Maß ein.

5. Schalte ab.

Lerne, Computer und Handy abzuschalten. Was macht das mit dir, wenn du nicht erreichbar bist? Ja, vielleicht fühlt sich das zunächst wie *„abgeschnitten"* an. Aber hat es nicht auch gute Seiten, mal nicht erreichbar zu sein? Frage dich allen Ernstes, welche. Und dann lege, falls nötig, Uhrzeiten fest, in denen du komplett abschaltest, nicht erreichbar bist. Du kümmerst dich in dieser Zeit um nichts, was kurzfristige Aktion von dir verlangen könnte.
Wenn bei euch viel los sein sollte, kannst du sogar die Türklingel abstellen. Keine Anrufe, keine Mails, kein Facebook, nichts. Einfach nur süßes Mit-dir-selbst-beschäftigt-Sein.

6. Vermeidest du etwas?

Frage dich, ob du vielleicht deshalb so beschäftigt bist, damit du dich nicht mit deinen Ängsten, Problemen und Sorgen auseinandersetzen musst. Solange du beschäftigt bist, kannst du dich auf etwas anderes konzentrieren und dich, zumindest für eine Weile, gut ablenken. Doch glaubst du wirklich, dass die Probleme irgendwann von allein verschwinden werden? Eigentlich weißt du es selbst, aber ich sage es trotzdem noch mal: Die meisten Probleme verschwinden nicht! Sondern werden im schlimmsten Fall sogar größer, aber mindestens hinausgezögert, was insgesamt dein Leid nur verlängert.

Deshalb ermutige ich dich, spätestens dann, wenn du einigermaßen auf der Höhe bist, ehrlich mit dir selbst zu sein. Gibt es etwas, das du zu lösen vermeidest? Was ist erforderlich, um dieses Problem zu klären?

7. Investiere in Vertrauen.

Vertrauen ist eines der wichtigsten Mittel gegen Stress – auf dreierlei Ebenen:

Vertrauen in eigene Kompetenzen, gestärkt durch das Überwinden schwieriger Situationen

Vertrauen in das große Ganze, zum Beispiel positive Erwartungen an das Leben und dessen Sinnhaftigkeit

Vertrauen in andere, in den Partner, die Familie, Freunde, Vetraute – in „psychosoziale Unterstützung", wie Psychologen das nennen.

„Wenn dieser dreibeinige Hocker'", wie Gerald Hüther das so schön beschreibt, *„stabil steht, kann man da auch mit einem 50-ZentnerSack hochsteigen. Wenn die Beine dagegen dürre sind, der Hocker klapprig, reichen schon fünf Kilo, um einzubrechen."*

8. Schalte die selbstkritische Stimme aus.

Fühlst du dich schuldig, wenn du nicht alles erledigt hast, was du dir vorgenommen hast? Hast du ein schlechtes Gewissen, wenn du mal wirklich nichts tust? Du stellst dir sogar vor, wie dich jemand als *„faule Sau"* betitelt, wenn du mittags um drei auf der Couch liegst und ein Buch liest? Du hörst die Stimme und siehst vielleicht auch das passende Bild dazu. Und vielleicht ist das Bild so hell wie ein Stern, aber genau wie der Stern längst verglüht ist, obwohl du ihn noch sehen kannst, so siehst und hörst du noch alte Bilder und Stimmen deines alten übermotivierten Ichs. Nach einer Weile wird es deutlich besser.

Und tatsächlich trifft es dieses Sprichwort ganz hervorragend: *„Ist der Ruf erst ruiniert, lebt es sich völlig ungeniert!"*

9. Sei achtsam.

Wenn du doch – und das wird anfangs vielleicht noch etwas häufiger vorkommen – in den Zustand *„ich bin so beschäftigt"* gerätst, halte inne. Atme einmal tief durch, schau dich um und nimm die Umgebung wahr. Im Coaching gibt es drei Perspektiven: ganz bei mir, ganz bei dir und die Vogelperspektive. Wechsle von der ersten in die letzte und schau dir an, was du gerade tust, warum du das vermutlich tust, und finde eine Lösung.

10. Nutze deinen Humor.

Bei Impuls Nr. 9 habe ich die drei Perspektiven im Coaching beschrieben. Übe das Wechseln dieser Perspektiven regelmäßig, sodass du nach einer Weile ganz automatisch spürst, ob du gerade ganz bei dir oder schon wieder ganz beim anderen bist. Wenn alle Stricke reißen und du in irgendetwas feststeckst, dann wechsle in die Vogelperspektive und lache dich herzhaft, aber liebevoll aus. Lachen nimmt sofort Druck raus und setzt das Glückshormon Serotonin frei. Durch die schnellere Atmung erhöht sich der Gasaustausch um ein Dreifaches. Das Zwerchfell spannt sich, dadurch dehnen sich die Lungenflügel, und die Lunge nimmt viel Luft auf. Wenn wir kräftig lachen, pressen wir den Atem stoßartig mit bis zu 100 Stundenkilometern aus der Lunge heraus. Dadurch gelangt Sauerstoff in die roten Blutkörperchen. Das Herz schlägt schneller und pumpt das sauerstoffreiche Blut durch den Körper. Für kurze Zeit ist der Organismus sehr aktiv. Der Stoffwechsel wird angeregt. Nach dem Lachanfall entspannt sich der Körper wieder. Die Arterien weiten sich, der Blutdruck sinkt, und es folgt ein Entspannungszustand.

Übrigens wird Lachen inzwischen sogar medizinisch eingesetzt: Herzinfarktpatienten lachen unter ärztlicher Aufsicht, verringern dadurch ihren Blutdruck und damit die Gefahr eines erneuten Infarktes.

Ich finde es auch an dieser Stelle wichtig, nicht alle Menschen über einen Kamm zu scheren. Jeder Mensch tickt anders. Die einen brauchen mehr Stress, die anderen weniger. Entscheidend ist deine persönliche Dosis.

Hans Selye, ein Pionier auf dem Gebiet der Stressforschung, auf dessen international bekannter Stresstheorie noch heute viele moderne Theorien aufbauen, hat einmal in einem Fernsehinterview erklärt, seine Philosophie sei es, nur auf dem Stresslevel zu arbeiten, für das er geboren sei. *„Ich habe ein recht intensives Bedürfnis zu arbeiten"*, erläuterte Selye. *„Ich brauche die Arbeit. Ich könnte ohne sie nicht existieren. Aber ich kämpfe nicht für Dinge, die ich nicht gewinnen kann."* Anstatt den Stress grundsätzlich zu verteufeln, könnte es Menschen also helfen, ihn als eine Hilfe zu verstehen und als Mahnung, die eigenen Grenzen zu kennen und zu achten, seine Kräfte einzuteilen. Aber ganz abschaffen wollte er den Stress nie, sagte Selye. *„Nur die Toten haben keinen Stress."*

CHEF IN DEINEM KOPF

WIE DU LERNST, DEINE GEDANKEN BEWUSST ZU LENKEN

Als ich das erste Mal bewusst den Spruch *„du musst nicht alles glauben, was du denkst"* gehört und dann tatsächlich auch nach und nach bis in die letzte Zelle wirklich verstanden habe, hat sich meine ganzes (Er-)Leben verändert.

Zunächst noch ein paar Zahlen und Fakten:

3 Prozent der Gedanken eines Durchschnittsmenschen sind aufbauende Gedanken wie zum Beispiel: *„Ich bin stolz auf das, was ich heute geleistet habe."* Oder: *„Ich sehe toll aus in diesem Anzug!"*

25 Prozent unserer Gedanken schaden sogar uns selbst und anderen. Wir haben vielleicht einfach ein paar Mal zu oft – meistens in der Kindheit – gehört, dass wir zu dämlich oder zu fett sind. Und so urteilen wir auch gern über andere, zum Beispiel: *„Wenn ich so aussehen würde, würde ich keine kurzen Röcke tragen."* Oder: *„Wie blöd kann man sein?"*

72 Prozent unserer Gedanken sind unbedeutende, flüchtige Gedanken wie beispielsweise: *„Ach, jetzt ist doch tatsächlich mal die Sonne rausgekommen."* Oder: *„Oh, verflixt, jetzt habe ich schon wieder den Tisch*

vollgekleckert!" Oder: *„Ups, das war knapp!"* Eher sinnlose Gedanken, die wir aber trotzdem regelmäßig wiederholen.

Tatsächlich glaubt der Durchschnittsmensch ebenfalls, dass er – zumindest subjektiv – *„richtig"* über eine Sache denkt, dass die Art und Weise zu denken und zu fühlen quasi *„gesetzt"* ist und unsere Emotionen von außen *„gemacht"* werden – durch Umstände oder andere Menschen.

Hast du einmal kleine Kinder beim Spiel beobachtet? In einem Moment himmelhochjauchzend und im nächsten zu Tode betrübt? Wir waren auch mal so. Bis wir gelernt haben, bestimmte Gedanken in Bezug auf bestimmte Ereignisse zu entwickeln. Wenn wir schlecht gelaunt von der Arbeit kommen, dann wahrscheinlich deshalb, weil wir dort Situationen erlebt haben, die uns zum Beispiel zu folgenden Gedanken bringen könnten: *„Diese ganze Kacke hier hat doch gar keinen Sinn!"* Oder: *„Immer bin ich der Depp, und sämtliche Arbeit bleibt an mir hängen, während sich die anderen einen lauen Lenz machen!"* Die dadurch entstehenden Gefühle, beispielsweise Wut und Enttäuschung, sind dabei nichts anderes als die chemischen Abfallstoffe dieser Gedanken. Weil wir solche Gedanken denken, fühlen wir uns schlecht. Positive Gedanken dagegen erzeugen positive Gefühle.

Unsere Gedanken sind unglaublich mächtig, denn sie erschaffen unsere gefühlte Realität. Das ist kein esoterischer Schnickschnack, sondern Biochemie, die sich auf unsere Realität auswirkt. Es fängt immer mit einem Gedanken an. Der eine Gedanke, den wir denken, löst im Gehirn eine chemische Reaktion aus, die zu einem Gefühl wird. Und so, wie wir uns fühlen, verhalten wir uns auch im Außen und treffen Entscheidungen. Unser Verhalten und Handeln wiederum bestimmen, wie wir von anderen Menschen, Freunden, Vorgesetzten und unserer Familie wahrgenommen werden. Die Wahrnehmung dieser Menschen bestimmt, was wir von ihnen zurückbekommen. Das, was wir zurückbekommen, bestimmt in großen Teilen, wie zufrieden, gesund, reich, fit, ehrgeizig, frei und erfüllt wir uns fühlen. Na, wenn das keine Realität ist, weiß ich auch nicht ...

Unsere Gedanken bestimmen also unsere Realität und die dazugehörigen Gefühle. Gedanken kommen niemals aus dem Nichts, sondern entstehen – in einem Kreislauf – aus den vorherigen Gedanken: Wir sind in Kontakt mit einer Person oder Situation und bewerten und interpretieren diese Situation beziehungsweise entwickeln diesbezüglich Gedanken. Je nachdem, zu welcher gedanklichen Bewertung wir kommen, werden im Gehirn die entsprechenden Hormone ausgeschüttet, die zunächst zu kurzen Emotionen und dann zu längerfristigen Gefühlen werden. Und diese Gefühle können zu neuen Gedanken führen und diese dann wiederum zu neuen Gefühlen . Eine never-ending Story.

Wie weit die Macht der Gedanken reicht, hängt allerdings davon ab, wie sehr wir uns darauf einlassen und wie sehr oder wie wenig wir uns das bewusst machen.

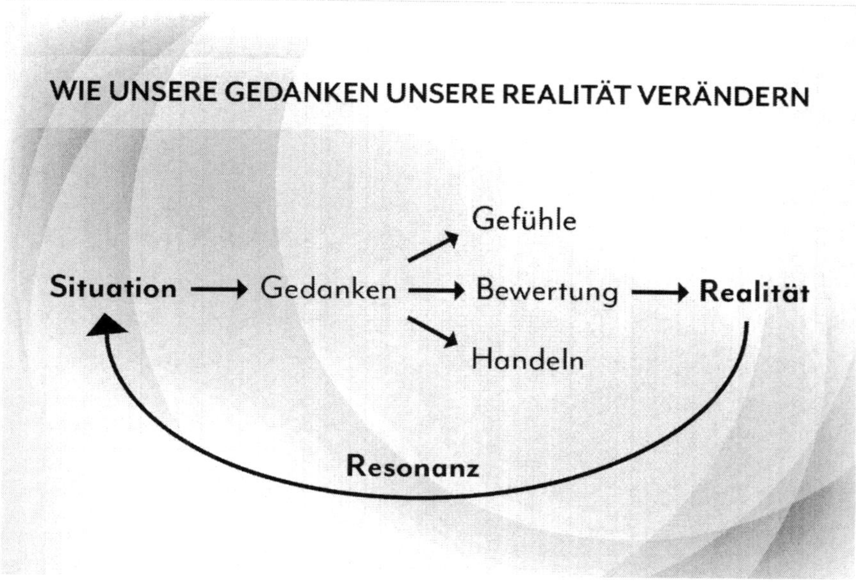

Abb. 4: Wie unsere Gedanken unsere Realität verändern (in Anlehnung an Mai, 2021)

Der Umkehrschluss ist demzufolge, dass wir, wenn wir es schaffen, unsere Gedanken zu steuern, auch unsere Gefühle steuern – und schlussendlich die Realität verändern können. Das klingt kompliziert. Ist es aber nicht.

Ich werde das anhand eines fiktiven Beispiels verdeutlichen: Meine langjährige gute Freundin hat mir fast ein ganzes Jahr lang – und in sämtlichen schmutzigen Details – erzählt, wie ihre Ehe mit Jan, der regelmäßig deutlich zu viel Alkohol trinkt, den Bach heruntergeht. Sie erzählte, wie sehr ihr kleiner Sohn aus erster Ehe darunter leidet und dass es vermutlich das Beste wäre, sich scheiden zu lassen.

Heute haben wir uns zum Hundespaziergang getroffen, und plötzlich fällt sie mir *„aus heiterem Himmel"* um den Hals und erklärt freudestrahlend: *„Ich bin soo happy! Jan und ich wollen es noch einmal versuchen. Und du weißt ja, wie sehr ich mir noch ein Kind wünsche. Ich hab die Pille abgesetzt und bin mitten in den fruchtbaren Tagen! Was meinst du wohl, was wir heute Abend tun werden?"* Verschmitzt schaut sie mich an.

Okay, das ist jetzt erst mal shocking! Ich beginne, die Situation zu bewerten, was zum Beispiel folgende Gedanken und Gefühle in mir auslösen könnte:

Ärger und Wut

Das kann ja wohl nicht wahr sein! Jetzt habe ich mir monatelang angehört, wie mies sie dieser Mann behandelt, habe versucht, zu vermitteln, habe wochenlang Exit-Strategien mit ihr diskutiert und ihr, wann immer es nötig und möglich war, den Sohn abgenommen, und sie kapiert es einfach nicht!

(In dieser Realität fühle ich mich hintergangen. Ich habe viel Zeit investiert, damit sie endlich von diesem Mann loskommt, und alles war für die Katz!)

Freude und Hoffnung

Ach, wie schön! Nun wird doch noch alles gut! Sie haben erkannt, dass es sich lohnt, an der Beziehung zu arbeiten. Jeder hat doch irgendwelche Macken. Vielleicht werde ich bald Patentante? (In dieser Realität fühle ich mich ebenfalls froh, ich überlege sogar, ob ich einen kleinen Anteil an dem guten Verlauf haben könnte, und wünsche mir, dass sie es wirklich schaffen.)

Trauer und Enttäuschung

Oh nein, das wird nicht gut gehen! Ich liebe meine Freundin sehr, und es bricht mir das Herz, sie in ihr eigenes Unglück stürzen zu sehen. Schade, dass sie es nicht geschafft hat, sich zu trennen. Es hat noch nie geholfen, schwanger zu werden, um eine Ehe wieder auf Vordermann zu bringen. Und dann hat sie zwei Kinder, die die ewigen Streitereien aushalten müssen.

(Weil ich mit meinen subjektiven Erfahrungen nur einen schlechten Ausgang dieser Ehe prognostizieren kann, bin ich in dieser Realität traurig und enttäuscht.)

Alle meine diesbezüglichen Gedanken und dazugehörigen Gefühle sind nachvollziehbar, oder? Wenn ich mich nun für einen Gedanken entscheiden müsste, welcher wäre der *„beste"*? Gibt es den überhaupt? Wir schließen immer von uns und unseren bisherigen Erfahrungen auf andere beziehungsweise durch *„unseren BayesComputer"* auf den potenziell errechneten Ausgang einer Situation. Aber wer sagt uns bitte, dass dieses Ergebnis auch der Realität entspricht? Die eine Realität gibt es nicht. Immer nur das, was wir mit unseren Gedanken daraus machen oder meinen, daraus berechnen zu können.

Wenn wir vergessen, dass ein und dieselbe Situation vollkommen unterschiedlich interpretiert werden kann, vergessen wir auch, dass das, was wir denken, nicht notwendigerweise der Wahrheit beziehungsweise der Realität entsprechen muss. Dieselbe Situation kann bei zwei Menschen völlig unterschiedliche Reaktionen auslösen, weil diese Menschen zu unterschiedlichen Bewertungen gekommen sind. Deswegen wundert man sich im Streit so häufig, wie der andere auf diese Weise reagieren kann, weil man selbst zu einem ganz anderen Ergebnis gekommen ist.

Ich liebe diesen Spruch, und vielleicht hilft es dir, wenn du dir selbst ab und zu mal die Frage stellst: *„Willst du lieber recht haben oder lieber glücklich sein?"* Streit bringt uns – außer, dass wir mal Dampf ablassen können – selten weiter.

Es bringt uns aber weiter, zu überlegen, welche Emotionen wir erzeugen wollen und welches die dafür geeignetsten Gedanken sind.

Byron Katie, eine US-Amerikanerin, die während der 1970er Jahre von verschiedenen Suchtmitteln abhängig war und Probleme mit Depressionen und Aggressionen hatte, entwickelte in den späten 1980ern eine großartige Methode, die noch heute therapiebegleitend eingesetzt wird und den Prozess *„Denken"* zunächst verdeutlicht und dann durch regelmäßige Anwendung dieser einfachen Methode grundlegend verändern kann.

Ihre vier Fragen und die spezielle Umkehrtechnik haben sich in den vergangenen Jahrzehnten in der Gesprächstherapie etabliert und bewährt – vor allem in Bezug auf die Bearbeitung negativer Glaubenssätze. Ihre Methode kann von jedem und für jede Lebenslage angewendet werden.

Jeder von uns – und egal wie gut geschult ich bin, schließe ich mich da selbst nicht aus – hat negative Glaubenssätze. Vielleicht glaubst du beispielsweise, dass du niemals den Beruf deiner Träume findest und gut verdienen wirst oder dass du nicht attraktiv oder kreativ bist oder dass du keine Fehler machen darfst. All das sind negative Glaubenssätze, die sich durch unsere Erziehung und unsere Erlebnisse, meistens in der Kindheit, gebildet und über die Jahre hinweg, gefestigt haben. Ich habe an anderer Stelle in diesem Buch verdeutlicht, dass wir unbewusst – über das, was uns unser Filtersystem zeigt – immer wieder eine Bestätigung dieser Glaubenssätze wahrnehmen. Durch eine *„kognitive Umstrukturierung"*, die Veränderung der inneren Überzeugungen, können wir *„Chef im Kopf"* werden, lernen, unsere Gedanken zu hinterfragen und unseren Wünschen entsprechend zu verändern.

ÜBUNG 5: GLAUBENSSÄTZE HINTERFRAGEN (FREI INTERPRETIERT NACH WBYRON KATIES *„THE WORK“*)

Ich erkläre es zunächst an einem Beispiel:

Du kannst diese Übung auf einem Notizzettel erledigen oder dich unter dem Link https://www.dein-wunschkonzert.com einloggen und das entsprechende Arbeitsblatt dort herunterladen. Das Passwort findest du im Anhang unter *„Zugangsdaten Downloadbereich“*.

Ein persönlicher Glaubenssatz:

z. B.: Ich muss immer alles allein schaffen.

Fragen zu diesem Glaubenssatz:

1. Ist das so und kannst du dir zu 100 Prozent sicher sein? Bitte antworte mit Ja oder Nein.

   Z. B: Nein.

2. Was macht dieser Gedanke mit dir? Was fühlst du, wenn du diesen Gedanken denkst?

   Z. B.: Ich fühle mich traurig und einsam.

3. Wer wärst du ohne diesen Gedanken? Wie würdest du dich dann fühlen?

Z. B.: Ich wäre weniger verbissen, hätte ein Gefühl von Zusammenhalt. Ich würde lernen, wie schön es sich anfühlt, Hilfe anzunehmen. Dadurch wäre ich freundlicher und offener.

4. Wenn du nun also gemerkt hast, dass dich dieser Gedanke so (mies) fühlen lässt und du festgestellt hast, wie du dich ohne diesen Gedanken (besser) fühlen würdest, dann notiere bitte, wie du diesen alten, längst überholten Glaubenssatz umkehren kannst beziehungsweise, was du stattdessen denken könntest.

   Z. B: Ich darf Hilfe annehmen und tue anderen sogar einen Gefallen damit, weil sie sich freuen, wenn ich ihre Unterstützung annehme.

Verstanden? Dann bist du jetzt dran:

Bitte notiere dir die Fragen und deine Antworten zu den folgenden vier Fragen. Fragen zu diesem Glaubenssatz:

1. Ist das so und kannst du dir zu 100 Prozent sicher sein?
   Bitte antworte mit Ja oder Nein.

2. Was macht dieser Gedanke mit dir? Was fühlst du, wenn du diesen Gedanken denkst?

3. Wer wärst du ohne diesen Gedanken? Wie würdest du dich dann fühlen?

Wenn du nun also gemerkt hast, dass dich dieser Gedanke so (mies) fühlen lässt und du festgestellt hast, wie du dich ohne diesen Gedanken (besser) fühlen würdest, dann notiere bitte, wie du diesen alten, längst überholten Glaubenssatz umkehren kannst beziehungsweise was du stattdessen denken könntest.

Natürlich wirst du nicht über Nacht erleuchtet sein, wenn du dir diese vier Fragen stellst. Aber du kannst erfahren, welche Gefühle deine Gedanken auslösen und dann Schritt für Schritt alte Glaubenssätze und Denkmuster verändern. Das braucht Zeit. Ich habe damals überall in der Wohnung Haftnotizzettel mit den vier Fragen aufgehängt: auf dem Telefon, dem Wasserkocher, der Kaffeemaschine, dem Badezimmerspiegel, am Kleiderschrank. Einen hatte ich sogar in meinem Portemonnaie, in dem Geldscheinfach, denn ich hatte mich zu diesem Zeitpunkt fest entschlossen – ein Versprechen an mich selbst – keinen Gedanken mehr zu denken, der mich nicht weiterbringt.

Dann sei achtsam. Achte mal ganz bewusst darauf, was du dir selbst den halben Tag gedanklich für einen Mist erzählst. Ich bin zwischendurch richtig sauer auf mich gewesen. Nun wusste ich – theoretisch – so viel, dachte aber immer noch total oft irgendwelche Gedanken, die mich herunterzogen. Sei milde mit dir. Dich herunterzumachen bewirkt – und das hast du theoretisch längst begriffen – nur das Gegenteil. Betrachte dich lieber, wenn du mal wieder in eine alte Gedankenfalle latschst, aus der Vogelperspektive und mit Humor.

Eines darf beim Thema Gedanken an dieser Stelle nicht fehlen: das Gedankenkarussell.

Wir haben gelernt, dass unser Gehirn permanent am Denken ist. Selbst beim Meditieren ist das Gehirn sehr aktiv. Wenn wir gerade richtig viel um die Ohren haben, der Cortisolspiegel durch Dauerstress eh schon hoch ist und wir eigentlich einfach nur pennen wollen, fangen wir oft – zu allem Überfluss – auch noch zu grübeln an.
Durch Grübeln – und weil unser Gehirn im Bett zu wenig Ablenkung hat – springen bestimmte Netzwerke im Gehirn an, die dann regelrecht zu einem Gedankenkarussell führen. Es lässt uns nicht los, weil wir uns vielleicht Sorgen machen oder Angst haben, dass irgendetwas Schlimmes passieren könnte. So ein Gedankenkarussell ist wie eine Horrorschallplatte, die einen Sprung hat und sich immer wiederholt. Wir wissen zwar ganz genau, dass diese Gedanken zu nichts führen, außer dass wir noch bekümmerter werden und noch schlechter einschlafen können, und doch fühlen wir uns solchen

Gedanken manchmal hilflos ausgeliefert. Studien zeigen sogar, dass das Grübeln genauso viel Stress verursacht wie der Auslöser selbst. Wir verdoppeln unser Leid damit also nur.

Die gute Nachricht: Weitere Studien haben ergeben, dass kluge Menschen häufiger zu Grübeleien neigen – aber das ist wohl nur ein Trostpflaster.

Es ist nicht immer leicht, diesen Kreislauf zu unterbrechen und das Gedankenkarussell zu stoppen. Man kann dem Grübler genauso wenig sagen: *„Hör doch mal auf zu grübeln!"* wie einem Depressiven: *„Sei doch mal wieder fröhlich!"* Es gibt aber durchaus Impulse, mit denen wir das Gedankenkarussell stoppen oder zumindest abschwächen können, die – wie sollte es auch anders sein – umso besser funktionieren, je häufiger wir sie anwenden. Probiere aus, welche der folgenden Impulse für dich am besten funktionieren.

Löschen durch gegenläufige Impulse

Das Gedankenkarussell heißt deshalb so, weil es sich dabei tatsächlich um kreisende Gedanken handelt. Achte beim nächsten Mal ganz genau darauf, wie es sich dreht. Dreht es rechtsoder linksherum? Ist es eher vergleichbar mit einem Rad, einer Walze oder einer Spirale? Sobald du die Richtung oder das Muster erkannt hast, dann stell dir die genaue Gegenbewegung in deinem Kopf vor. Konzentrier dich, halten, halten – und schon kehrt Stille ein oder alles verlangsamt sich zumindest. Das funktioniert übrigens deshalb so gut, weil das Gehirn nicht beide Impulse gleichzeitig ausüben kann und sie sich daher gegenseitig auslöschen. Eine Auslöschung gegenläufiger Impulse in der Physik, zum Beispiel bei Lichtund Schallwellen, ist schon lange bekannt.

Der Zwei-Minuten-Test und dann ab in die Fuck-itSchublade

Wenn du glaubst, dass du über das Nachdenken ins Grübeln gekommen bist, dann starte den Zwei-Minuten-Test. Stell dir einen Timer – oder schaue auf die Uhr, und dann gib dir genau zwei Minuten Zeit, dem Gedankenkarussell freien Lauf zu lassen. Danach resümierst du: Hat mich das Gedankenkarussell einer Lösung nähergebracht? Habe ich durch das Grübeln etwas verstanden, was mir vorher unklar war? Hat mir das Grübeln irgendeinen Nutzen gebracht? Falls eine der Antworten Ja war, war das Nachdenken hilfreich, und du bist einer Lösung deines Problems tatsächlich nähergekommen. Zu 99 Prozent lautet die Antwort auf diese Fragen jedoch Nein.

Dann schreibe ein bis drei Stichpunkte deines Hauptproblems auf einen Zettel und lege diesen bewusst zur Seite. Du kümmerst dich zu einem anderen Zeitpunkt um dieses Thema.

Ich habe damals, als ich endlos gegrübelt habe, einen Schuhkarton genommen und diesen als *„Fuck-it-Schublade"* deklariert. Dort habe ich regelmäßig meinen aufgeschriebenen Gedankenmist geparkt und mir einmal pro Woche zehn Minuten Zeit genommen, um kurz darüber zu schauen und bewusst zu entscheiden, ob es neuen Input zu diesem Problem oder zu dieser Sorge gibt. Nach einer Weile hat auch mein Unterbewusstsein begriffen, dass ein Problem oder eine Sorge, die in dieser Schublade liegt, tabu ist. Heute habe ich nur noch eine virtuelle *„Fuck-it-Schublade"*. Das funktioniert inzwischen genauso gut.

Sich die Regie zurückholen

Mach dir klar, dass es nur deine selbst inszenierten (Horror-) Gedanken sind. Es ist nicht die Realität! Es meldet sich gerade nur irgendein altes Muster, das deine Gedanken zu einer (Horror-) Realität machen will. Es ist nichts anderes als dein persönlicher Horrorfilm, in dem du für eine Weile die Regie abgegeben hast. Darum: Hol dir die Regie zurück und plane die Szene neu. Das Was-wäre-wenn-Szenario lässt sich auch positiv durchspielen. Vielleicht machst du eine Komödie daraus: Es beginnt etwas ruckelig, aber mit einem unerwartet lustigen Happy End. Okay, es darf auch eine Romanze sein. Mir egal, Hauptsache, es hilft dir.

Zum Abschluss dieses Kapitels noch einen Schwank aus meinem früheren Leben, in dem meine Gedanken und Gefühle mich unter Kontrolle hatten:

Ein Beispiel eines typischen Scheißtags vor zehn Jahren:
Ich wache montagmorgens auf und stelle fest, ich habe verschlafen.
„*Scheiße!*", denke ich und fühle das mies vertraute Gefühl schon in allen Zellen. „*So fängt der Tag gleich schön beschissen an!*" Unser Schlafzimmer befindet sich im Tiefparterre unseres Hauses. Ich bin noch etwas benebelt vom Schlaf, will mich beeilen und stolpere die Treppe hinauf: „*Verdammte Kacke! War ja schon klar, dass das ein Scheißtag wird, weil ich – und auch noch ausgerechnet montags – verschlafen habe.*" Meine Miene wird noch einen Ticken düsterer.
„*Also gut, dann erst mal einen Kaffee trinken, damit ich zu mir komme*", spreche ich gedanklich mit mir selbst, als mir in diesem Moment, in der Küche ankommend und in den Schrank schauend, auffällt, dass wir keinen Kaffee mehr haben. „*So ein Riesen-verfluchter-Kack-Mist!*" Im Fluchen war ich schon immer gut, und ich bin inzwischen so wütend, dass ich irgendeine der mich mit scheinbar hämischem Blick anglotzenden Kaffeetassen zerschmettern könnte. Und regnen tut es auch noch!

„*Heute klappt gar nichts!*", festige ich meinen noch jungfräulichen Glaubenssatz. Ich mache mich mit schlechter Laune fertig und fahre, über all die anderen schnarchnasigen Autofahrer vor mich hin meckernd, ins Büro. Dort angekommen, hetze ich ins erste Meeting und kann es nicht fassen: Die Hälfte der Teilnehmer ist noch gar nicht da! „*Jetzt habe ich mich so abgehetzt, und diese ignoranten Idioten kommen entweder noch später als ich oder gar nicht!*", geifere ich gedanklich, und ich kann jetzt so richtig die Wut spüren, die sich erst in meinem Bauch und dann im Kopf wie eine heiße Welle des nicht getrunkenen Kaffees ausbreitet. „*Jetzt kriegen wir es wieder nicht hin, zu einem gescheiten Ergebnis zu kommen*", denke ich und bin vermutlich enttäuscht. Aber noch überlagert die heiße Wut alles. Und deshalb kriege ich den ein oder anderen konstruktiven Vorschlag eines Kollegen auch gar nicht richtig mit. Nach 90 Minuten haben wir – ich hatte es geahnt – noch immer keine Entscheidung und vertagen daher die Sitzung auf nächsten Montag. In den zehn Minuten Pause bis zum nächsten Arbeitsgruppen-Meeting kann ich mir endlich einen Kaffee holen und ein wenig über die anderen lästern. Zur Stärkung meiner Nerven nehme ich mir aus der Kantine schnell noch eine Tafel Schokolade mit. Irgendwas brauche ich jetzt. Pfeif auf die Pfunde! Im nächsten Meeting und obwohl ich den Großteil der Schokolade geradezu weggemetzelt habe, wird es aber nicht besser. Ich wusste es schließlich von Anfang an: Das ist ein Scheißtag! Wieder nur die Hälfte der vorgesehenen Mannschaft, und diesmal meckere ich nicht stumm vor mich hin, sondern laut und öffentlich mit einer Kollegin gemeinsam. Nachdem wir in den nächsten 60 Minuten feststellen, dass wir zu wenig Informationen haben, um irgendetwas feststellen zu können, habe ich die Nase endgültig voll. Ich verkünde, dass ich mir den halben Tag freinehme und nach Hause fahre, um meine beschissene und schon überfällige Einkommensteuererklärung zu machen. Dieser Tag ist sowieso schon versaut.

Zu Hause angekommen, tippe ich eher halbherzig und immer noch wütend und genervt irgendwelche Zahlen in meinen Rechner. So. Nun erst mal ausdrucken. Irgendein klackerndes Geräusch, doch der scheißverkackte Drucker funktioniert nicht. Der spackt schon eine Weile rum und schmiert immer mal wieder. Aber jetzt geht gar nichts mehr. Das Ding streikt einfach! Ich probiere dies, ich probiere das, und innerhalb dieser letzten verschwendeten Stunde könnte meine Wut mich so langsam dazu verleiten, dieses Arschlochgerät mitten an die hässliche eierschalenfarbene Wand zu werfen. In diesem Moment kommt mein Mann nach Haus. *„Hey, oh je, du wirkst genervt, mein Schatz? Wie war dein Tag?"* *„Ooooouuuuuuh"*, koche ich laut brüllend hoch, *„ich habe von Anfang an gewusst, dass es ein absoluter Scheißtag wird – und was soll ich dir sagen? Der ganze Scheiß heute hat meine Erwartung sogar noch übertroffen! Also – sprich mich am besten nicht an – und kannst du mir diese dreckige Druckerkreatur bitte noch aus den Augen schaffen, bevor ich mich vergesse und ein technisches Blutbad anrichte?"* Was soll ich sagen? Mein Mann ist ein kluger Mann, veranlasst immer das Nötige und geht mir in solchen Momenten wohlwissend aus dem

Weg. Den Rest des Abends verbringe ich also in einem altbekannten Mustergefühl: Alles beschissen und ich ganz allein.

Im Gegensatz dazu ein Tag, der – so wie es mir beliebt – ein schöner oder ein Scheißtag werden könnte, dadurch, dass ich Kontrolle über meine Gedanken und damit auch über meine Gefühle habe:

Ich wache montagmorgens auf und stelle fest, ich habe verschlafen.
„Ui!", denke ich und spüre ein herausforderndes Kribbeln.

„Dich krieg ich, Tag!" Und – ich weiß es aus vielen Übungseinheiten – ich kann es noch schaffen! So habe ich zumindest noch eine halbe Stunde länger Schlaf herausschinden können. Unser Schlafzimmer befindet sich im Tiefparterre unseres Hauses. Ich bin noch etwas benebelt vom Schlaf, will mich beeilen und stolpere die Treppe hinauf. *„Yes! Nur die Knie! Der Rücken wäre schlimmer gewesen!"*, denke ich, während ich froh feststelle, dass sich der übliche leichte morgendliche Rückenschmerz gerade durch den Schreck in Luft aufgelöst hat. Meine Miene wird noch einen Ticken heller. *„Also gut, dann erst mal einen Kaffee trinken, damit ich zu mir komme"*, spreche ich gedanklich mit mir selbst, als mir in diesem Moment in der Küche ankommend und in den Schrank schauend, auffällt, dass wir keinen Kaffee mehr haben. *„Eigentlich ist das genau richtig jetzt. Wenn ich so unter Dampf wie in den letzten Tagen stehe, ist ein Tee für meinen Magen besser – und noch dazu geht es deutlich schneller."* Während der Wasserkocher seine Arbeit tut, ziehe ich mich in Ruhe an. Fünf Minuten durchschnaufen beim Tee. *„Gut, dass es regnet. So kann ich mir heute Abend das Gießen im Garten sparen"*, erfreue und motiviere ich mich.

„Das wird ein richtig guter Tag!", festige ich meinen noch jungfräulichen Glaubenssatz und mache mich auf Richtung Praxis. Meine Nachbarin und Freundin von gegenüber steigt gerade aufs Fahrrad, und ich grüße sie fröhlich mit den Worten: *„Hallo, schöne Frau, geht's dir gut?"* Sie grinst von ihrem Fahrrad herunter: *„Ausgezeichnet, wenn ich dich, selbst schöne Frau, sehe!"*

Wir lachen beide und winken uns noch einmal, nun verabschiedend zu. In der Praxis angekommen, reiße ich erst mal alle Fenster auf, denn nun linst die Sonne durch die Wolken, und ich bin überzeugter denn je, dass heute ein guter Tag ist. Nachdem ich einen großen Pott *„Guten-Morgen-Tee"* gekocht habe, setze ich mich an meinen Rechner und starte mein E-Mail-Programm. Ein Haufen neuer Nachrichten. Das ist gut, denn das bedeutet, dass ich gut ausgelastet bin. Zum Glück habe ich eine fähige Assistentin, die sich um das meiste kümmert. Eine Mail von Freitagabend mit dem Betreff „Terminabsage" fällt mir jedoch direkt ins Auge. Ein Klient, der kurzfristig zu seiner frisch erkrankten Mutter nach Hamburg fährt und deshalb um eine Terminverschiebung bittet. *„Oh, dabei handelt es sich um meinen ersten Termin heute!"*, notiere ich im Kopf und beginne zu bewerten. Ich habe für heute sowieso nur zwei Patiententermine eingetragen, da ich dringend einigen Papierkram erledigen will. Eigentlich will ich auch schon die ganze Zeit die Einkommensteuererklärung für den Steuerberater vorbereiten. Bisher war nur nicht die Zeit dafür – und ehrlich gesagt handelt es sich dabei auch nicht gerade um meine Lieblingsbeschäftigung. *„Hm"*, sinniere ich weiter. *„Das hier ist jetzt geschenkte und unverplante Zeit, wenn also nicht jetzt, wann dann?"* Mir entfährt dann doch ein leichtes Seufzen, aber ich freue mich schon jetzt auf das gute und erleichternde Gefühl, wenn ich diesen Papiermarathon endlich hinter mich gebracht – oder zumindest für heute – einen Teil davon erledigt habe. Die Arbeit geht mir gut von der Hand, und ich tippe konzentriert meine Zahlen in den Rechner. Noch einen Tee und dann erst mal ausdrucken. Ein Blick auf die Uhr zeigt mir, dass die geschenkte Stunde und auch die darauffolgend eingeplante 30-Minuten-Pause fast vorbei sind. In zehn Minuten müsste mein Termin um halb zwölf, der zweite Termin einer Patientin, eintreffen. In diesem Moment klingelt das Telefon: *„Frau Naumann, es tut mir so leid! Ich glaub, das wird heute nichts mehr!"* Ich atme durch und bewerte: *„BÄM! Noch mehr geschenkte Zeit!"* Und freudige Erregung durchfährt mich. Es läuft!

Die Klientin führt nun weiter aus: *„Mein Auto ist nicht angesprungen. Ich habe alles versucht, wollte es von meinem Bruder überbrücken lassen, aber es ging trotzdem nicht. Dann habe ich versucht, mir ein anderes Auto zu* *leihen. Das hat auch nicht funktioniert. Ich habe kurz überlegt, ob ich nicht doch mit dem Zug kommen könnte, aber Sie wissen ja, dass das genau mein Problem ist, bei dem ich Panikattacken kriege, und Sie meinten, ich solle es langsam angehen. Es tut mir sooooo leid! Was machen wir denn jetzt? Ich zahle natürlich die Ausfallgebühr!"*

Ich lächle in mich hinein. *„Also, Christa, ich sage Ihnen mal was: Wenn ich ehrlich bin, kommt mir das ausnahmsweise gerade recht, da ich dringend meine Einkommensteuererklärung zu Ende bringen möchte. Und Sie können ja auch nichts dafür, dass Ihr Auto spontan den Geist aufgegeben hat. Wir können den Termin – ohne Ausfallgebühr – gerne auf nächste oder übernächste Woche verschieben, wenn es Ihnen ansonsten gut geht?"* Sie schnieft – ich kann fast bildlich vor mir sehen, wie sie nun entspannt zusammensackt, und ich spüre starkes Mitgefühl. *„Es ist eine ganze Weile her, aber mir ging es auch mal so"*, denke ich, und Dankbarkeit für all das, was ich in den letzten Jahren erreicht habe, flutet mein System. Wir einigen uns auf einen Ersatztermin, und ich kann motiviert und ganz in Ruhe die begonnene Einkommensteuererklärung weiter vorbereiten.

Was wollte ich doch gleich? Ach ja, ausdrucken. Irgendein klackerndes Geräusch, doch der Drucker funktioniert nicht. Der spackt schon eine Weile rum und schmiert immer mal wieder. Aber jetzt geht gar nichts mehr. Das Ding streikt einfach! Ich probiere dies, ich probiere das und beschließe nun, mich nicht mehr länger mit dem schon lange nervenden Gerät herumzuärgern. Eigentlich ist es gut, dass jetzt gar nichts mehr geht. Denn irgendwie war ich die ganze Zeit bloß zu geizig, einen neuen zu besorgen, solange das Teil noch irgendwie funktioniert hat. Aber das jetzt ist ein Zeichen. Er will beerdigt werden. Und weil ich so motiviert bin und echt Bock habe auf das gute Gefühl, die Steuererklärung hinter mich gebracht zu haben, fahre ich kurz entschlossen in den nächsten Technikmarkt und besorge einen neuen Drucker.

Die Mitarbeiter dort sind fit und freundlich und empfehlen mir ein Gerät. Schon 30 Minuten später sitze ich wieder in der Praxis, und die Installation funktioniert problemlos. Juhu! Technik ist normalerweise nicht so meins, aber ich wusste ja, dass heute ein guter Tag ist! Es ist gerade mal Mittag, und ich habe schon einen Teil unserer Steuererklärung erledigt, einen neuen Drucker gekauft und erfolgreich installiert. Tadaaa! Das Drucken klappt ausgezeichnet, und ich genieße die unverschmierten Zahlen auf dem Papier. Ich hatte den restlichen Tag sowieso für Papierkram geblockt. Es passt also alles perfekt! Ich sag's ja, ein guter Tag! Wieder vertiefe ich mich in meine Zahlen und die Stapel von Papier, und nachdem ich dreieinhalb Stunden später alles erledigt und schmierfrei ausgedruckt habe, beschließe ich, es für heute gut sein zu lassen. Ich habe wirklich was weggeschafft und eine Belohnung verdient.

Auf dem Weg nach Hause kaufe ich spontan einen guten Rotwein zur Lieblingspasta, die ich heute kochen werde. Eine weitere halbe Stunde später – der Duft von Knoblauch und würzigen Kräutern durchflutet das ganze Haus, und im Hintergrund dudelt vergnügt das Radio – kommt mein Mann nach Hause. *„Hey! Hier riecht's aber lecker! Was gibt es denn? Hattest du einen guten Tag?" „Yeeeaaaah, aber so was von"*, flöte ich leicht angesäuselt von dem halben Glas, das bei Pasta schon zum Kochen dazugehört. *„Ich wusste es von Anfang an. Dieser Tag wird gut und hat meine Erwartungen sogar noch übertroffen. Ich habe sogar unsere Einkommensteuererklärung fertiggekriegt! Also, setz dich zu mir, komm auch erst mal runter, erzähl mir von deinem Tag und dann feiere mit mir, während ich das Essen anrichte."* Mein Mann ist ein kluger Mann, veranlasst immer das Nötige und weiß genau, das respektvolles Lob nun an mir heruntergeht wie Öl. Den Rest des Abends verbringen wir fröhlich, irgendeinen Dünnsinn schwatzend und mit dem guten Gefühl, dass wir gemeinsam alles schaffen können.

Muss ich noch mehr sagen?

KRISEN

WARUM KRISEN EINE EINLADUNG ZUM WACHSEN SIND UND WIE DU SIE FÜR DICH NUTZEN KANNST

Gehen wir mal von dem Bild aus, das Leben sei ein Fluss, und auf diesem Fluss gibt es Rückenund Brustschwimmer. Brustschwimmer – und zu diesen gehörte ich sehr, sehr lange – sind diejenigen, die sich einen abstrampeln und gerade so immer mit dem Kopf über Wasser bleiben. Sobald es etwas stürmischer wird, klammern sie sich an dem Nächstbesten fest, was ihnen Halt zu versprechen scheint. Selbst wenn sie sich dabei über längere Zeit Kratzer und Schrammen an dem Baumstamm oder Felsen holen. Haben sie sich etwas erholt und der Fluss sich beruhigt, tasten sie sich vorsichtig vom Halt bietenden Objekt weg – aber immer mit Blick auf das nächstmögliche Halt bietende Objekt. Sie sind so sehr auf Sicherheit bedacht, dass sie kaum die wärmende Sonne, die um sie herum jubilierenden Vögel oder die exotisch anmutenden Inseln hinter dem Horizont wahrnehmen. Sie benötigen Unmengen von Energie, um sich von einer vermeintlichen Sicherheit in die nächste zu hangeln.

Rückenschwimmer sind so etwas wie der *„Hans-guck-indie-Luft"* des Flusses. Sie tauchen ein und lassen sich einfach treiben, denn sie wissen, dass der Fluss sie trägt. Sie genießen die Sonne und nutzen ihre Energie, um sich immer mal wieder die leckersten Früchte vom Ufer zu angeln. Sie lassen sich so lange gemütlich auf dem Rücken liegend tragen, bis sie auf irgendeiner schönen Insel landen und entspannt an Land gehen.

Werden Sie noch im Fluss von einem Unwetter überrascht, kann es sein, dass sie für einen Moment ins Rudern kommen, doch kurze Zeit später fliegt ihnen in genau diesem Moment, kurz bevor sie wirklich Angst bekommen, von irgendwo ein Rettungsseil entgegen. So in etwa läuft es im Fluss des Lebens, wenn man genug Urvertrauen hat.

Bei den Brustschwimmern läuft das gewöhnlich anders: Entweder sie setzen ihre Art der *„Fortbewegung"* mehr oder weniger frustriert ein ganzes Leben lang fort oder sie geraten an einem Punkt im Fluss wirklich ins Straucheln. Das ist oft ein Moment, an dem sie entweder vom ewigen Festhalten einen fiesen Krampf gekriegt haben und eine Weile loslassen mussten, oder sie waren ein bisschen mutiger als sonst, haben nur ganz kurz mal losgelassen, ohne direkt nach dem nächsten Haltepunkt geschaut zu haben, und sind auf einen Nebenarm des Flusses abgetrieben. Sie schwimmen und schwimmen, schließlich wollen sie auch mal auf einer exotischen Insel ankommen, und dann passiert es. Ein Strudel erfasst sie. Sie kämpfen wie irre, wollen so dringend mit dem Kopf über Wasser bleiben, aber der Strudel zieht und zieht. Sie geraten mit dem Kopf unter Wasser, kriegen kaum noch Luft und arbeiten sich mit schwindender Kraft immer wieder an die Oberfläche. Doch der Strudel lässt sie nicht los und zieht sie immer wieder hinab. Denn wie bei einem echten Strudel ist paradoxerweise nun der Versuch, die Wasseroberfläche zu erreichen, genau die falsche Lösung.

Das ist oft der Moment, in dem meine Klienten zu mir in die Praxis kommen. Sie fragen dann: *„Frau Naumann, was meinen Sie, ich bin so tief am Boden, komme ich da jemals wieder raus?"*

Meine Antwort ist immer die gleiche: *„Erstens ist es fast egal, was ich glaube; wichtig ist, was Sie glauben, und zweitens: Nutzen Sie den Zauber des Abgrunds!"* Meistens werde ich dann erst einmal ratlos angeschaut. *„Ja,*

der Abgrund, der tiefste Punkt ist magisch. Denn genau dieser bietet oft die beste Möglichkeit, etwas langfristig zu ändern."
Wir durften nämlich unterbewusst feststellen, ja am eigenen Leib erleben, dass wir *„gegen die Strömung"* keine Chance haben. Mit ihr aber schon. Und das ist eine echte Lernchance! Wir sollten sogar die Kraft der Strömung nutzen, um uns von ihr vielleicht sogar bis an den tiefsten Punkt, den Grund, nach unten tragen lassen.

In dem Moment, in dem wir wirklich am Boden sind, können wir noch einmal alle Kräfte mobilisieren und dann den stabilen Boden für uns nutzen, um uns mit aller Kraft abzustoßen, den Strudel zu unterschwimmen und an einer Stelle des Flusses wieder aufzutauchen, an der der Strudel keine Macht mehr über uns hat.

Solche Momente, in denen wir schwimmen und schwimmen, aber ein Strudel uns nach unten zieht, könnte man eine Krise nennen. In dem Moment, in dem wir – wenn wir bei dem Bild des Flusses und dem Boden bleiben – am tiefsten Punkt ankommen, kommt es fast zwangsläufig, weil es nicht mehr tiefer geht, zum Wendepunkt.

Bevor es jedoch zum Wendepunkt kommt, belasten Krisen, je nachdem, wie heftig sie sind, häufig das komplette System mit folgenden möglichen Beschwerden, die nichts anderes als Anpassungsversuche unseres Körpers sind:

Angst

starke Anspannung

Schlafstörungen

Übererregtheit/Nervosität

Aggression (gegen sich oder andere)

Verwirrtheit

unpassend erscheinendes Verhalten

depressive Verstimmung – z. B. Niedergeschlagenheit, Antriebslosigkeit

psychosomatische Beschwerden

Jede Krise ist anders, und doch gibt es zahlreiche Studien, die verschiedene Phasen beschreiben, die es in jeder Krise gibt. Manchmal hilft es uns schon, wenn wir wissen, in welcher Phase wir gerade stecken – und dass ein Ende in Sicht ist.

Phase 1: Schock

Am Anfang kann sich die Krise langsam aufbauen, aber auch völlig unvermittelt über uns hereinbrechen. Inneres Chaos macht sich breit, einige Menschen fühlen sich nun wie betäubt oder gelähmt, manche verleugnen sogar die Tatsachen – und somit auch den Krisenzustand. Die Psychologin Verena Kast beschreibt diese Phase deshalb auch als „*Nicht-wahrhaben-Wollen*". Je nach Situation und Individuum kann diese Phase der Krise nach wenigen Stunden vorbei sein oder mehrere Tage andauern.

Phase 2: Reaktion

Die Realität sickert Schritt für Schritt ins Bewusstsein. Es kann zu Gefühlsausbrüchen unterschiedlichster Art wie zum Beispiel hysterischen Lachanfällen oder Weinkrämpfen kommen, meist ausgelöst durch Angst, gefühlte Hilflosigkeit und Kontrollverlust. Manchmal trifft es uns so heftig, dass wir unterbewusst glauben, die Situation nicht aushalten zu können und als Abwehrmechanismus bestimmte Tatsachen weiterhin verdrängen wollen.

Phase 3: Bearbeitung
Der Ausweg aus der Krise beginnt immer mit dem Akzeptieren des Istzustands, beispielsweise mit dem Verlust eines Menschen, eines Arbeitsplatzes oder eines großen finanziellen oder freiheitlichen Verlusts.

Wir sind noch immer traurig über den Verlust, aber wir wagen einen vorsichtigen Blick in die Zukunft und eruieren Lösungsmöglichkeiten. Wie könnte das Leben ohne den geliebten Partner aussehen? Welchen Job könnten wir stattdessen machen? Bestenfalls gelingt es, das Vergangene hinter sich zu lassen und sich von negativen Gedanken zu trennen.

Phase 4: Neuorientierung
In der letzten Phase der Krisenbewältigung richten wir uns langsam wieder auf und neu aus. Wir sind inzwischen angekommen in unserem *„neuen"* Leben und haben gelernt, ohne diesen Partner oder Job zu leben. Vielleicht hat uns das viele Geld sogar eingeengt? Durch neue Erfahrungen ist es nun vielleicht sogar schon möglich, einen tieferen Sinn in der Krise zu sehen.

Es gibt übrigens eine ganze Latte unterschiedlicher Krisenmodelle. Und je nachdem, welches Krisenmodell man betrachtet, sind diese Phasen anders benannt oder mit Inhalt gefüllt. In der Realität ist der Übergang oft fließend oder überlappend.

Was also am besten tun, wenn wir mitten in der Krise stecken?

Nicht verdrängen

Das ist das Wichtigste. Starke Emotionen lassen sich nicht einfach wegleugnen oder wegdiskutieren. Manche Dinge wollen ganz in Ruhe *„verschmerzt"* werden. Das fühlt sich zwar nicht toll an, aber in dem Moment, in dem wir den Schmerz zulassen, akzeptieren wir ihn auch. Und Akzeptanz ist ein wichtiger Schritt aus der empfundenen Ohnmacht, der in Richtung Handlungsfähigkeit führt.

Perspektive wechseln

Ich hatte in einem früheren Kapitel schon mal über die drei Perspektiven im Coaching gesprochen. *„Ganz bei mir"*, *„ganz bei dir"* und die Vogelperspektive. Wenn wir mitten in einer Krise stecken, sind wir Gefühl pur und meist ganz bei uns selbst. Das fühlt sich an wie unter einer Käseglocke, und alles ist purer, schwarzer Schmerz. In dem Moment, in dem wir von der Perspektive *„ganz bei mir"* in die Vogelperspektive wechseln, können wir die Dinge mit etwas Abstand betrachten und vielleicht – von dem höheren Ausguck – sogar schon wieder die ein oder andere Idee beziehungsweise Handlungsmöglichkeit entdecken.

Einen klaren Kopf kriegen und Druck ablassen

Einen klaren Kopf kriegen wir recht gut, wenn wir die Perspektive wechseln. Auch Schreiben ist sehr gut, um sich zu sammeln oder Gefühle rauszulassen.

Manchmal braucht es aber vorher vielleicht erst eine Art Ventil, um all die belastenden Gefühle rauszulassen, damit wir wieder klar denken können. Und dabei ist es total in Ordnung, erst einmal richtig wütend zu sein. Wütend ist viel besser als depressiv, denn Wut bringt uns in Bewegung. Mein Lieblingswutritual ist übrigens das
„Tomatengemetzel".

Wenn ich richtig wütend war, habe ich mir zwei Packungen passierte Tomaten geholt und mich damit in den Hof meines Hauses gestellt. Ich habe die Wut noch mal im ganzen Körper pulsieren lassen und die Packungen dann eine nach der anderen und mit voller Wucht – klatsch, klatsch – auf den Steinboden geworfen. Das ganze Tomatenzeugs spritzte dann überall herum, und ich habe diesen Anblick eine Weile zutiefst genossen. Am schönsten war immer das Schmeißen, aber so sehr wollte ich es dann doch nicht mit der Lebensmittelverschwendung übertreiben. Nachdem ich mich am Tomatengemetzel sattgesehen hatte, habe ich mir den Gartenschlauch genommen und die Schweinerei – nun ganz gemütlich – entfernt und mich in Ruhe abgeregt. Irgendwie hat mir das immer wieder gezeigt, dass jede

Schweinerei – und sei sie auch noch so groß – wieder in Ordnung gebracht werden kann. Aber natürlich gilt auch hier: Es muss nicht unbedingt ganz so dramatisch zugehen. Anderen hilft es, zu malen, selbst Musik zu machen oder auch die Musik ordentlich aufzudrehen und zu tanzen.

Tag strukturieren

Egal wie beschissen es uns gehen mag: Es ist wichtig, eine gewisse Tagesstruktur, einen Rhythmus zu haben, der uns Halt bietet. Morgens zu einem einigermaßen regelmäßigen Zeitpunkt aufzustehen ist wichtig, um überhaupt in Gang zu kommen. Essenszeiten sind genauso wichtig, weil unser Körper eh schon im Ausnahmezustand ist und jetzt nicht noch das Gefühl kriegen sollte, dass Nahrung ausbleibt. Wenn man ein, zwei Tage wenig Appetit hat, ist das in Ordnung. Es ist sogar vollkommen okay, wenn es zur aktuellen Tagesstruktur gehören sollte, drei Stunden flennend auf der Couch zu liegen, nur sollte die tägliche Leidensund Jammerzeit befristet sein. Und bitte auch die wöchentliche! Wir sollten Zeiten einplanen, in denen wir bestimmte Dinge tun: zum einen Dinge, die uns (wenn vielleicht auch gerade nur gedämpft) Freude bereiten, und zum anderen – ganz wichtig – Dinge, die uns gefühlt voranbringen und das Gefühl vermitteln, dass wir etwas geschafft haben. Wenn nichts mehr geht, gehen wir! Am besten raus. Entweder einen Freund besuchen, einen Waldspaziergang machen oder auch nur irgendeine Erledigung oder einen Einkauf. Hauptsache, wir kommen immer wieder in Bewegung. So versteht unser Körper am besten, dass es weitergeht.

Austausch suchen

Wenn wir uns mit guten Freunden austauschen, ist das absolut hilfreich. Wobei hierbei die Betonung auf *guten* liegt. Gute Freunde plappern nicht einfach nur unseren Standpunkt nach und jammern oder meckern gemeinsam mit uns – das würde unsere negativen Emotionen nur verstärken – sondern haben eine eigene Sicht auf die Dinge und trauen sich auch, diese zu vertreten. Wenn wir es zulassen, dass uns jemand einen Spiegel vorhält, können wir häufig die Eigenwahrnehmung durch eine vielleicht objektivere Fremdwahrnehmung korrigieren.

Standort bestimmen

Wenn der Partner, der Job oder die schlecht investierte Kohle weg ist oder wir vielleicht sogar schwer krank geworden sind, fühlen wir uns schon allein deshalb mies, weil wir das Gefühl haben, dass uns etwas *„weggenommen"* wurde. Der Partner hat vielleicht noch das Sofa und den Hund mitgenommen, und durch den Job haben wir vielleicht zusätzlich das Handy oder den Firmenwagen verloren. Wenn wir viel Geld verlieren, schränkt uns das in finanzieller Hinsicht ein, und wenn wir krank geworden sind, wahrscheinlich sogar erst mal in vielerlei Hinsicht. Wir sind gefühlt gerade total im Mangel. Und Mangelgefühle produzieren, das wissen wir inzwischen, langfristig nur weitere Mangelgefühle. In dem Moment ist es sinnvoll, darauf zu schauen, wer wir sind, was wir schon alles geschafft haben und was wir als Nächstes schaffen wollen. Es geht also darum, den aktuellen Standort zu bestimmen und von dort aus neu durchzustarten. Vielleicht ist dann ein guter Zeitpunkt, um dieses Buch noch einmal ganz – oder in Teilen – durchzuarbeiten.

Auch im Fall einer schweren Krise haben wir selbst es in der Hand, ob und wie wir uns neu ausrichten und ob wir die Krise zu einem guten Wendepunkt in unserem Leben und somit zu einer Chance machen.

Häufig haben Krisen übrigens durchaus positive Nebenwirkungen!

Die Psychologen Richard Tedeschi und Lawrence Calhoun von der Universität North Carolina untersuchten in einer Studie dieses Phänomen genauer und kamen zu folgenden Ergebnissen:

Tiefere Beziehungen

Wer durch schwere Zeiten gegangen ist, erlebt nicht nur, dass Bindungen zu Freunden und der Familie danach enger und stärker geworden sind – wir haben auch festgestellt, wer unsere wahren Freunde sind! Nämlich die, die für uns während dieser Zeit da waren, uns beigestanden haben und immer ein offenes Ohr für uns, unsere Sorgen und Bedürfnisse hatten. Deshalb sind genau diese Freundschaften danach noch enger, tiefer und vertrauensvoller.

Stärkere Persönlichkeit

Fast jeder von uns kennt das Sprichwort: *„Was uns nicht umbringt, macht uns stark."* Und da ist, wie bei den meisten Sprichwörtern, auch etwas dran. Denn durch das Überwinden einer Krise oder eines Schicksalsschlages wachsen wir über uns selbst hinaus und beginnen zu ahnen: Wenn wir das gemeistert haben, schaffen wir auch alles andere!

Neue Horizonte

Die meisten Krisen bringen Veränderungen mit sich. Wir werden gezwungen, unsere Komfortzonen zu verlassen, unser Leben neu zu denken und zu planen. Das macht zwar kaum jemand gern in einem solchen Moment. Danach erleben wir jedoch häufig, dass wir durch die Krise neue Perspektiven geschaffen haben, und sind im Nachgang insgesamt offener. Dort, wo wir vor der Krise noch überall Berge gesehen haben, fällt es uns plötzlich leichter, den Horizont zu erkennen und neue Erfahrungen zu machen.

Dankbarkeit und Lebensfreude

Den wenigsten Menschen ist die Endlichkeit ihres Lebens bewusst.
„Morgen ist ein neuer Tag" haben wir als Kind schon oft gehört, und so verschieben wir gerade die schönen Erlebnisse auf irgendeinen späteren Moment, von dem wir niemals wissen, ob er jemals eintritt. Stattdessen blicken wir oft klagend in die vielleicht tatsächlich nicht ganz leichte Vergangenheit und planen die große Freiheit ab dem Renteneintritt. Wer durch eine Krise gegangen ist, lebt anders: Er spürt das Geschenk der Gegenwart und genießt den gerade stattfindenden schönen Moment. Mit der Dankbarkeit wächst auch die Lebensfreude. Und weil Dankbarkeit so wichtig ist, werde ich im nächsten Kapitel noch stärker darauf eingehen.
Falls wir aber mal wirklich so richtig feststecken sollten, ist es absolut keine Schande, sich professionelle Unterstützung zu holen. Die Schande, auch das haben wir inzwischen begriffen, definieren nur wir selbst.
Auch ich hatte damals, als ich nicht mehr weiterwusste, professionelle Hilfe durch meinen *„Guru-Coach"* und bin diesem Menschen noch heute

zutiefst dankbar für sein Wirken. Er hat mir sprichwörtlich dabei geholfen, vom ewigen Brustschwimmer zum Rückenschwimmer zu werden.

Wie das geht – vom Brustzum Rückenschwimmer – erkläre ich ebenfalls im nächsten Kapitel.

HOFFNUNG, RADIKALE SELBST-LIEBE UND DANKBARKEIT

WARUM DIESE KOMPONENTEN SO WICHTIG BEIM ERSCHAFFEN DEINES TRAUMLEBENS SIND

Ein entspannter Rückenschwimmer wird man, indem man lernt, sich selbst und dem Leben zu vertrauen. Aber wie geht das?

Vertrauen in uns selbst erfahren wir durch Selbstwirksamkeit, indem wir zunehmend begreifen, dass wir viel mehr Dinge, als wir zunächst glaubten, in der Hand haben beziehungsweise in unserem Sinne verändern können. Das Wichtigste dabei ist, nicht allzu stur und statisch auf seinen Zielen herumzureiten, sondern wirklich flexibel zu bleiben. Immer zu schauen, was hinter diesen Wünschen und Zielen steht und wie wir sie gegebenenfalls auf andere Art erreichen können. Richtig motiviert sind wir nur, wenn unsere Ziele *„kohärent"* sind, also wenn es wirklich unsere eigenen Ziele sind und sie mit unseren aktuellen Werten übereinstimmen. Du bist jetzt an einem Punkt, an dem du deine aktuellen Werte kennst und vielleicht auch schon weißt, welche *„überzogenen"* Werte hinderlich für deine definierten Ziele sein könnten. Du kennst dich aus in deinem Universum und hast dir einen Überblick über den Zustand deiner aktuellen Planeten verschafft. Du hast verstanden, wie das Filtersystem des Gehirns funktioniert und wie mächtig Unterbewusstsein und Gedanken sind und was Stress in uns auslöst.

Vielleicht hast du sogar die ein oder andere Blockade *„erschnuppert"*, die noch ein wenig braucht, um richtig an die Oberfläche deines Bewusstseins zu gelangen.

Denn eins ist klar: Nur weil wir ein Buch lesen, verändert sich nicht über Nacht unser komplettes Leben. Unser Leben verändert sich, weil wir bewusst unser Denken verändern und Dinge auch tatsächlich tun!

Der wichtigste Antrieb – und dem sollten wir nach Möglichkeit immer folgen – ist unsere innere Freude. Sie ist der Wegweiser schlechthin. Ein weiteres wichtiges Element ist die Hoffnung. Prof. Dr. Dr. Gerhard Roth, ein Philosoph und Biologe, der 1976 den Lehrstuhl für Verhaltensphysiologie und Entwicklungsneurobiologie am Institut für Hirnforschung an der Universität Bremen übernommen hat und sich intensiv mit Fragen der Persönlichkeitsentwicklung und der Motivation beschäftigt hat, erklärt sogar, dass der Mensch ohne Hoffnung nicht leben könne.

„Hoffnungslosigkeit führt zu Depressionen und Selbstmord.
Es ist die Aussicht auf Belohnung, die uns vorantreibt. Alle Lebewesen hoffen."

Hoffnung ist – biochemisch betrachtet – wenn im Hirnstamm bestimmte Zentren aktiviert werden. Wenn wir etwas erhoffen oder erwarten, schütten diese Zentren Opioide aus, durch die wir uns sofort wohlfühlen. Das kann von entspannter Zufriedenheit bis hin zu einem überschäumenden Glücksgefühl gehen. Genau diese Gefühle können wir ganz bewusst *„herstellen"*, indem wir regelmäßig die zuvor beschriebene Imaginationstechnik anwenden.

Natürlich wird es auch Tage geben, an denen es mal nicht so gut läuft. Und das ist sogar gut so, denn *„Dauerglück"* könnten wir gar nicht dauerhaft wahrnehmen. Manchmal vergleiche ich ein gutes Leben mit einem guten Herz-EKG. Die Aufs und Abs, die Sinuskurven spiegeln ein ganz normales

Leben wider. Eine Linie würde Tod bedeuten. Die Aufs und Abs sind existenziell wichtig, damit wir die Bandbreite aller Emotionen spüren können.

Glück ist ein rein subjektives Gefühl und neurobiologisch gut nachvollziehbar. Um zu verstehen, was im Gehirn passiert, wenn wir glücklich sind, ist es wichtig, zwischen „*Glück*" und „Zufriedenheit" zu differenzieren. Zufriedenheit ist ein positiv motivierter Zustand, ein Gefühl innerer Ausgeglichenheit. Noch vor einer Weile glaubte man, Zufriedenheit sei größtenteils genetisch bestimmt. Heute wissen wir, dass der Hauptanteil durch die Umwelt geprägt wird. Da sind wir übrigens wieder bei den fünf Menschen, die uns am meisten umgeben.

Biochemisch sind insbesondere drei Hirnbotenstoffe am Glück beteiligt: Serotonin, Dopamin und Oxytocin. Das eigentliche Glücksgefühl entsteht durch einen Cocktail gehirneigener Opioide wie Endorphine. Dabei handelt es sich um eine kurzfristige positive Abweichung vom individuellen Zufriedenheitslevel, die sowohl Optimisten als auch Pessimisten kennen. Allerdings haben Optimisten mehr davon. Der Glücksimpuls stimmt sie euphorisch, und das gute Gefühl hält länger an als bei Pessimisten. Gerhard Roth dazu:

„Entscheidend für die Neurobiologie und die Qualität des Glücks ist die Quelle der Freude. Materielle Belohnung wie Geldgeschenke oder Sex aktiviert vor allem den Nucleus accumbens im Zentrum des sogenannten Belohnungssystems.
Dieses Glücksgefühl ist nur von kurzer Dauer und verlangt schnell nach mehr – ein Grund, weshalb manche Firmen immer höhere Prämien aussetzen, um ihre Mitarbeiter zu motivieren. Länger wirken soziale Belohnungen, etwa Anerkennung und Freundschaft. Sie aktivieren Areale der Hirnrinde, in denen auf bewusster Ebene positive und negative Erfahrungen verarbeitet werden. Die beständigsten Glücksgefühle entstehen jedoch durch Tätigkeiten, in denen wir völlig aufgehen.

Wenn es läuft wie geschmiert – Psychologen und Neurologen sprechen vom FlowErlebnis – kommen Basalganglien ins Spiel. Sie sind Speicherort aller Gewohnheiten und Automatismen und sorgen dafür, dassreichlich gehirneigene Opioide rieseln, wenn wie Dinge „gekonnt" ausführen und uns als selbstwirksam erleben.

Da sind wir wieder bei der Selbstwirksamkeit! Wenn wir das Gefühl haben, selbstwirksam zu sein, wächst in der Regel auch unser Selbstwertgefühl. Und dieses ist eng damit verknüpft, wie wir uns insgesamt fühlen. Deshalb ist radikale Selbstliebe etwas, was unausweichlich mit einem guten (Er-)Leben verknüpft ist. Denn, wer sich selbst nicht mag, wird weder wirklich an sich oder das Erreichen großer Ziele glauben noch gute Beziehungen pflegen können und garantiert kein Rückenschwimmer. Darüber hinaus macht Selbstliebe unabhängiger gegenüber Zuspruch von außen, der Liebe, dem Ansehen, dem Respekt von anderen. Radikale Selbstliebe und Selbstannahme ist ein Schritt zu mentaler Stärke und emotionaler Unabhängigkeit.

Selbstwert beziehungsweise Selbstwertgefühl setzt sich aus vier Säulen zusammen:

Selbstakzeptanz, also eine positive Einstellung zu sich selbst als Person

Selbstvertrauen, also eine positive Einstellung zu den eigenen Fähigkeiten und Leistungen

soziale Kompetenz, also die Fähigkeit, mit anderen in Kontakt zu treten

soziales Netz, also das Eingebundensein in positive soziale Beziehungen

Selbstliebe ist die Zuwendung zu sich selbst. Wenn wir uns selbst so liebevoll zuwenden, wie wir das anderen, geliebten Menschen gegenüber tun. Radikale Selbstliebe ist, wenn wir den Fokus auf unser tiefstes Inneres, unsere

Wurzeln, auf das, was uns zu etwas ganz Besonderem macht, richten. Wenn wir uns mit Menschen und Dingen umgeben, die wir mögen, und Dinge tun, die uns wirklich erfüllen. Wenn wir uns in diesem Moment genauso sein lassen, wie wir eben nun mal gerade sind.

Und nein, meiner Meinung nach steht das in keinem Gegensatz dazu, dass wir uns gleichzeitig weiterentwickeln und verändern möchten. Wichtig ist aber immer, das auch zu akzeptieren, was wir gerade sind oder was wir gerade haben.

Oft scheint uns die Selbstliebe genau in den Momenten abhandenzukommen, in denen wir sie am nötigsten brauchen.

Dafür gibt es ein gutes Werkzeug:

Impuls : Werkzeugkoffer für düstere Tage

Erstelle in den nächsten Tagen eine Liste von Menschen und Tätigkeiten, die dein Herz erwärmen. Dafür brauchst du zunächst einmal ein Blatt Papier und einen Stift. Befestige beides irgendwo, gut sichtbar, zum Beispiel am Kühlschrank. Jedes Mal, wenn dir irgendein Mensch oder eine Tätigkeit einfällt, die dein Herz ein Stückchen höherschlagen lässt, notierst du das auf deinem Zettel. Welcher Mensch (es dürfen gern mehrere sein) tut dir gut, weil er dich zum Lachen bringt und ihr euch auch ohne große Worte tief verbunden fühlt? Bei welcher Tätigkeit (auch das dürfen gern mehrere sein) geht dir das Herz auf und du kannst alles um dich herum für eine Weile vergessen?

Lass dir Zeit bei dieser Liste. Das kann ein Zeitraum über ein bis maximal zwei Wochen sein, damit auch dein Unterbewusstsein genug Raum hat, Dinge zu assoziieren und an die Oberfläche kommen zu lassen. Schließlich geht es dabei um etwas, was dir hilft, auch in dunklen Tagen etwas Licht hereinzulassen.

Zur Inspiration hier meine Liste von Dingen und Menschen, denen ich mich gerne zuwende, wenn das Leben gerade etwas mühseliger erscheint. Meine Liste wächst und verändert sich übrigens ständig. Manche Dinge fliegen nach einer Weile raus, und neue kommen dazu. Aktuell sieht sie so aus:

Pizza im Bett, dabei eine Serie gucken und zum Nachtisch Schokolade

Meine Freundin Fü anrufen und mich auskotzen

Musik voll aufdrehen und tanzen (neue Wiedergabeliste Fuck-it-Musik)

aufs Rudergerät gehen und dabei ein Hörbuch hören

Trampolin springen

mit meinem Hund Lotta Glühwürmchen im Wald gucken

mit Dagi Wein trinken

Dirk bitten, meinen Kopf zu kraulen

Laufmeditation im Halbdunkel

Normalerweise achte ich darauf, dass ich mich gesund und vollwertig ernähre, nicht viel Alkohol trinke und Fernsehen eher Seltenheitswert hat. Nicht, weil ich das muss, sondern weil ich inzwischen für mich festgestellt habe, dass es mir so besser geht.

Früher mochte ich es gar nicht, wenn ich nicht gut funktioniert habe und meine Stimmung etwas gedrückt war. Weil ich aber nun weiß, dass ich mir Dinge erlaube, die ich mir an *„normal guten Tagen"* eher nicht gönne, freue ich mich inzwischen schon fast darauf, wenn ich an einem weniger guten Tag – meiner radikalen Selbstliebe frönend – gemütlich und mit gutem Gewissen *„über die Stränge schlagen"* kann.

Zu radikaler Selbstliebe und Selbstakzeptanz gehört es auch, den guten alten Perfektionismus über Bord zu werfen. Hast du dich mal gefragt, wozu dieser gut ist? Du ahnst es schon: Auch nur wieder ein altes Muster! Denn vermutlich haben wir irgendwann in unserem Leben – gewöhnlich als Kind oder Jugendlicher – öfter die Erfahrung gemacht, dass wir (nur?) dann (besonders viel) Zuwendung und Anerkennung bekommen haben, wenn wir *„perfekt"* sind, gewisse Standards und Erwartungen erfüllt haben. Wir haben Perfektionismus als eine Art *„Überlebensschema"* abgespeichert, um Anerkennung zu erhalten beziehungsweise Ablehnung und Tadel zu vermeiden.

„Gesunder Perfektionismus" muss keine negative Eigenschaft sein. Von Ärzten, Piloten und Buchhaltern fordern wir diesen sogar. Es gibt jedoch auch Formen von krankhaftem Perfektionismus. Diese können im schlimmsten Fall zu psychischen Leiden wie zum Beispiel Essstörungen, Depressionen, Angst- oder Panikzuständen und Zwängen führen.

„Gesunde" Perfektionisten erleben Gefühle wie Stolz, Zufriedenheit und Glück, wenn sie ihre Ziele erreichen, und stärken dadurch ihr Selbstwertgefühl. Sie konzentrieren sich vor allem auf die positiven Aspekte ihres Tuns. Kleine Pannen können sie leichter akzeptieren und dienen häufig sogar als Motivation.

Personen, die an *„krankhaftem"* Perfektionismus leiden, sind über die Maßen unzufrieden, wenn sie ihre Ziele nicht erreichen, und können ihren eigenen Ansprüchen selten gerecht werden. Sie konzentrieren sich vor allem auf die misslungenen Aspekte, selbst wenn diese, von außen betrachtet, klein und nichtig erscheinen, und untermauern damit ihr sowieso schon niedriges Selbstwertgefühl. Ihr Fokus liegt auf ihren persönlichen Schwächen, und sie empfinden diesbezüglich oft Schuld – oder Schamgefühle.
Egal wo du dich auch gedanklich einordnen magst: Mach dir klar, dass

Perfektionismus dich nicht weiterbringt, sondern eher ausbremst bei den Dingen, die du lieber tätest. Und – by the way – Perfektion schützt ganz sicher nicht vor Tadel oder Kritik. Menschen, die einen Kritikpunkt finden wollen, finden auch immer etwas, über das sie sich auslassen können: Entweder sind wir für sie zu dick, zu dünn, dumm wie Bohnenstroh oder ein Klugscheißer, zu aufgetakelt oder ungepflegt, eine faule Sau oder ein Streber. Wer es allen recht machen will, verliert sich selbst und seine Ziele aus den Augen – und noch dazu sein Rückgrat.

Wenn wir den Perfektionismus über Bord werfen, trainieren wir gleichzeitig ganz automatisch Selbstliebe und Selbstakzeptanz.

Natürlich ist es ganz normal, dass uns ab und zu Zweifel überkommen. Ob das nun Zweifel an unseren Fähigkeiten, Talenten oder unserem Aussehen sind, ist völlig egal. Es ist die gleiche alte Stimme, die uns einreden will, dass wir nichts können oder taugen und obendrein auch noch scheiße dabei aussehen. Es ist eine Stimme, die uns kleinhalten und im alten Muster gefangen halten will. Selbst wenn wir das realisieren, heißt das jedoch noch lange nicht, dass wir diese Stimme über Nacht ausschalten können und uns plötzlich – was Wunder – zu 100 Prozent vollumfänglich lieben und akzeptieren. Auch das ist ein Weg, der sich entwickelt, weil wir ihn selbst beschreiten. Sich voll und ganz zu akzeptieren heißt übrigens nicht, dass wir das supertoll finden müssen, was sich da gerade in uns zeigt, und es bedeutet auch nicht, zu resignieren. Es bedeutet lediglich, die Situation, so wie sie gerade ist, anzunehmen. Es meint nicht, dass Gedanken oder Gefühle, die gerade auftauchen, *„weggemacht"* werden müssen. Es geht vielmehr darum, sich auf wohlwollende Art und Weise mit diesen Gedanken und den dazugehörigen Gefühlen auseinanderzusetzen.

Normalerweise lenken wir uns gerne ab, wenn Ängste, Selbstzweifel oder Traurigkeit aufkommen. Ablenkung ist nicht grundsätzlich schlecht, verschiebt das Problem jedoch nur und löst es langfristig nicht. Meistens merken wir nicht einmal, dass wir uns bewusst ablenken, weil das ein unbewusster Schutzmechanismus ist.

Wir haben inzwischen verstanden, dass Gefühle die chemischen Abfallstoffe unserer Gedanken sind. Wenn wir dann auch noch verstehen, dass wir Menschen sind und eben keine perfekten Maschinen, dann ist in all dem Selbstoptimierungswahn auch noch Platz für Tage, an denen es eben mal nicht so gut läuft. Momente, in denen wir mal nicht Chef im Kopf sind. Dann gilt es, den aufkommenden Gedanken und Gefühlen mit einer annehmenden Haltung entgegenzutreten. Auch das ist Balance!

Du musst nicht immer alles gut finden, was da gerade an Erleben in dir ist. Du kannst etwas akzeptieren, ohne es zu mögen.

Beispielsweise bist du vielleicht gerade neidisch auf deinen liebsten Kollegen, weil er befördert wurde und du nicht. Das Gefühl von Neid hat dich wie ein Blitz getroffen und kam aus dem Unterbewusstsein. Du könntest jetzt stinksauer auf dich sein, dich schnell mit etwas Schokolade oder einem Tratsch ablenken. Doch das Gefühl käme vermutlich zu einem späteren Zeitpunkt verstärkt zurück. Du möchtest nicht neidisch sein, und ab diesem Moment hast du die Wahl, wie du mit deinem Gefühl umgehst:

Du kannst dich jetzt selbst total heruntermachen, weil du sogar deinem liebsten und klügsten Kollegen gegenüber so ein ekliger Neidhammel bist, und somit deine miesen Gefühle und Gedanken verstärken. Du kannst dich aber auch in die Vogelperspektive schwingen und liebevoll mit etwas Abstand auf dich und die Situation hinunterschauen. Vielleicht fällt dir jetzt ein, dass dein großer Bruder ein Streber war und immer über den grünen Klee gelobt wurde, während du, egal wie sehr du dich bemüht hast, wie das schwarze Schaf der Familie behandelt wurdest. Vielleicht fällt dir auch kein besonderer Grund ein, warum du so tickst.

Ein entspannter Rückenschwimmer erkennt an, dass da etwas in ihm ist, was enttäuscht ist. Er erkennt an, dass er ein stinknormaler Mensch ist, der manchmal Sachen denkt und fühlt, die er – von seinem Anspruch an sich selbst – nicht fühlen will. Aber so war es nun mal. Weil ein entspannter Rückenschwimmer eben weiß, dass er nicht perfekt ist.

An jeder Stelle der Bewusstwerdung haben wir die Macht, zu entscheiden, wie wir mit einem Gedanken oder einer Situation umgehen wollen. Und wenn wir verstehen, dass wir die Wahl haben, dass wir entscheiden können, holen wir uns quasi die Macht zurück. Wir sind wieder in der Selbstwirksamkeitszone.

Noch ein Beispiel: Du stehst morgens auf, schaust in den Spiegel, und der fiese Gedanke sprudelt geradezu aus dir heraus: *„Ach du Scheiße, wer ist denn diese hässliche, heruntergekommene Suffragette?!"* Du fühlst dich eh schon mies bei deinem Anblick. Und du weißt, dass du dir unter keinen Umständen glauben würdest, wenn du dir jetzt so etwas wie *„Ich bin schön!"* einzureden versuchtest. Du schämst dich aber nicht nur, weil du (in deinen Augen) gerade heruntergekommen und hässlich aussiehst, du schämst dich genauso, weil du weißt, dass es total kontraproduktiv ist, sich auf diese Art zu betrachten. Radikale Selbstakzeptanz bedeutet, dass du nicht versuchst, die Gedanken und die Gefühle *„wegzumachen"*.

Schwing dich in die Vogelperspektive und werde zum wohlwollenden Beobachter. Erkenne an, dass du dich gerade unattraktiv fühlst. Erkenne an, dass es Zeiten gibt, in denen du dich wohl und hübsch fühlst, dass es jetzt in diesem Moment aber nicht so ist.

Du kannst dir jetzt die Macht zurückholen, indem du nun überlegst, wie du mit dir, deinen Gedanken und Gefühlen umgehen willst.

Ein entspannter Rückenschwimmer würde vielleicht seinen guten Humor nutzen, um liebevoll über sich selbst zu lachen. Oder er würde merken, dass er sich einfach zu sehr verausgabt hat in der letzten Zeit, und sich einen Moment der Wertschätzung gönnen für das, was er die letzte Zeit alles gerockt hat. Vielleicht würde er das Gefühl aber auch einfach so stehen lassen, weil er nun wochenlang ein totales Hoch hatte und er es als ganz normales kleines *„Down"* wertet. *„Wertet"* ist das Zauberwort in dem Zusammenhang. Du holst dir die Macht zurück, indem du dich oder die Situation wohlwollend betrachtest und (be-)wertest.

Damit deine Macht, Selbstliebe, Selbstakzeptanz und Selbstwirksamkeit noch größer werden können, ist es nun Zeit, sich noch einmal ausgiebig selbst zu betrachten:

Vielleicht fragst du dich, ob es wirklich Sinn ergibt, sich an dieser Stelle doch noch mal mit den negativen Aspekten deines Seins auseinanderzusetzen. Langfristig kannst du aber nur etwas verändern, wenn du dich auch immer wieder traust, den Istzustand zu betrachten, denn Verleugnung oder Verdrängung macht deinen Selbstwert nicht besser und führt eher zum Gegenteil.

Ein altes Zen-Sprichwort beschreibt das sehr gut:

Ich verändere mich nicht, indem ich versuche, etwas anderes zu sein, als ich bin. Ich verändere mich, indem ich voll anerkenne, wer ich jetzt gerade bin.

Das widerspricht dem Veränderungsprozess in keiner Weise. Ich war mal an dem Punkt, an dem ich mir wirklich (und das war schmerzhaft, da ich ein eitler Mensch bin) eingestanden habe, dass ich – wie sage ich das so wohlwollend wie möglich – zu klein für mein Gewicht war. Und ich bin 175 cm groß! Veränderung wird nur dann möglich, wenn wir in der Lage sind, den – wohlbemerkt aktuellen – Istzustand zu sehen und zu akzeptieren. Das ist ein bisschen wie bei einem Navi: Wenn ich genau weiß, wo ich gerade bin, finde ich den besten Weg zu meinem Ziel.

ÜBUNG 6: LASS DIE HOSEN RUNTER UND SCHAU GENAU HIN

Du kannst diese Übung auf einem Notizzettel erledigen oder dich unter dem Link https://www.dein-wunschkonzert.com einloggen und das entsprechende Arbeitsblatt dort herunterladen. Das Passwort findest du im Anhang unter Zugangsdaten „Downloadbereich".

Schaue zunächst in die Vergangenheit: Was hast du Schlimmes getan? Wann hast du etwas nicht getan, obwohl es das Richtige gewesen wäre? Was kannst du dir nicht verzeihen? Gibt es etwas, was du dir vorwirfst?

Dann blicke auf dein Äußeres. Wenn es dir hilft, stell dich vor einen Spiegel. Was siehst du, was dir nicht gefällt? Welches sind die *„Problemzonen"*? Was stört dich?

Dann betrachte dein Inneres, deinen Charakter: Was sind deine Schwächen? Was magst du überhaupt nicht an dir? Was lehnst du ab?

Nun betrachte die Art und Weise, wie du mit dir selbst umgehst:

In welchen Situationen machst du dich klein oder verachtest dich?

Wann und auf welche Art kämpfst du gegen dich selbst?

Wie sabotierst du dein Glück?

Lass dir richtig viel Zeit und alle Emotionen, die aufkommen, zum
Beispiel Wut, Trauer, Schmerz, Ekel, Schuld oder Scham, zu.
Alles darf sein. Du bist nun ganz bei dir. Dann wechsle die Perspektive und betrachte dich aus der wohlwollenden Vogelperspektive. Jetzt geht es

darum, diesen Schmerz anzuerkennen. Bleib bei dir und deinen Emotionen. Du darfst das ganz in Ruhe verschmerzen. Das eigene (Er-)Leben zu verändern gleicht manchmal einem Balanceakt zwischen Konsequenz und Lockerlassen. Dranbleiben, ohne allzu verbissen zu sein. Denn wenn wir verbissen sind, haben wir keine Freude mehr daran, zu wachsen. Und wenn wir keine Freude mehr spüren, haben wir auch keine Motivation mehr. Es geht also darum, das eigene Tempo zu bestimmen – und dann aber auch immer mal wieder lockerzulassen.

Ich war, wie gesagt, mal eine Zeit lang dick. Ich habe es nur deshalb geschafft, dauerhaft meine Ernährung umzustellen, weil ich mir auch regelmäßig in Abständen mal einen *„Fresstag"* gegönnt habe. Das Gleiche gilt – im übertragenden Sinne – auch für die Persönlichkeitsentwicklung.

Ein entspannter Rückenschwimmer zu sein bedeutet, immer wieder neu zu entscheiden, ob ich nun weiterhin entspannt herumdümpeln will, weil mir einfach danach ist, oder ob ich Gas geben will, weil ich gerade Bock dazu habe oder weil mir der Blick auf die erfrischenden Kokosnüsse auf der nächsten exotischen Insel geradezu Flossen verleiht.

Was einen entspannten Rückenschwimmer noch entspannter macht, ist die Kraft der Dankbarkeit, denn Dankbarkeit ist die intensivste Form von positivem Bewusstsein. Oder wie Robert Emmons, ein Experte in Dankbarkeitsforschung und Professor für Psychologie an der University of California, es ausdrückt, *„das Gefühl des Staunens, des Dankbar-Seins und der Feier des Lebens"*. Es gibt inzwischen einen Haufen wissenschaftlicher Studien, die die positive Wirkung der Dankbarkeit auf Gehirn, Gesundheit und Lebenszufriedenheit nachweisen.

Robert Emmons zum Beispiel begann gemeinsam mit Michael McCullough, einem Professor für Psychologie an der University of Miami, der dort das Labor für Evolution und menschliches Verhalten leitet, ein Experiment: Sie unterteilten dafür ihre Probanden in zwei Gruppen: Die einen ließen sie ein paar Minuten darüber nachdenken, wofür sie in ihrem Leben dankbar sind. Die anderen sollten einfach an irgendetwas denken. Diese Dankbarkeitsund Reflexionsübungen wiederholten die Forscher jede Woche mit ihren Probanden – zehn Wochen lang. Mit erstaunlichem Resultat: Die Dankbaren zeigten über den gesamten Zeitraum mehr Motivation, größeren Optimismus, und sogar ihre Gesundheitswerte und die Immunabwehr verbesserten sich.

Auch andere Studien zeigen: Dankbare Menschen sind optimistischer, glücklicher, einfühlsamer, fitter und belastbarer als andere. Das ist biochemisch begründet, denn Negatives hat die blöde Angewohnheit, lauter zu sein als Positives. Das ergibt evolutionstechnisch auch Sinn, da wir bei Gefahr aufmerksam sein und sofort handeln müssen. Wenn wir unserem Gehirn aber immer wieder klarmachen, wie gut es uns geht, ist es für unser Gehirn nicht sinnvoll, Energie zu verschwenden und sich auf Negatives zu fokussieren.

Der Wissenschaftler Mihaly Csikszentmihalyi führt dazu aus:

„Menschen, die mit dem Schicksal hadern, richten ihre Aufmerksamkeit auf das, was sie unzufrieden macht. Die Glücklichen hingegen haben ihren Blick trainiert für die Dinge, die erfreulich sind."

Seine Testpersonen waren nicht deshalb dankbar, weil sie grundsätzlich glückliche Menschen sind, sie *„machten"* sich vielmehr glücklich, weil sie dankbar sind. Dankbarkeit ist also eine Art Glückstransformator.
Und nicht nur das. Dankbarkeit hat sogar einen erheblichen Einfluss in der Therapie von Depressionen und Angststörungen.

Im Rahmen einer Studie wurden unter Leitung der Forscher Prathik Kini, Joel Wong, Sydney McInnis , Nicole Gabana und Joshua W. Brown 43 Teilnehmer rekrutiert, die unter Angststörungen oder Depressionen litten. 22 dieser Probanden hatten die Aufgabe, dreimal pro Woche ca. 20 Minuten lang Dankesbriefe an die wichtigen Menschen in ihrem Leben zu schreiben. Die Kontrollgruppe führte keine Schreibintervention durch. Drei Monate später wurde bei allen 43 Teilnehmern ein Hirnscan durchgeführt. Bei den *„Dankschreibern"* hatten sich zahlreiche Gehirnregionen aktiviert, insbesondere der Frontal-, der Parietalund der Hinterhauptlappen. Völlig andere Regionen, die ansonsten bei positiven Gefühlen und Empathie aktiviert werden.

Dankbarkeit ist also als eigenständige Emotion im Gehirn erkennbar. Je öfter und regelmäßiger die Probanden das Gefühl der Dankbarkeit verinnerlichten, desto nachhaltiger veränderte es ihr Gehirn und gab es ihnen ein (neues) positives Lebensgefühl.

Wer Dankbarkeit praktiziert, erlebt nicht nur kurzfristig ein tiefes Gefühl des Glücks, der Befriedigung und Freude. Es wird mit der Zeit – wenn es vollautomatisch als Programm im Unterbewusst – sein abgelegt ist – zu einem Zustand. Die insgesamt günstige Grundstimmung, die das Dankbarsein erzeugt, führt zu dem sogenannten *„Broaden-and-build-Effekt"*, wie es Wissenschaftlerin Barbara Fredrickson, Professorin für Psychologie an der University of North Carolina, beschreibt. Und dieser zieht – wie bei einem umgekehrten Dominoeffekt – immer wieder weitere und neue positive Aspekte im eigenen Leben nach sich.

Impuls: So geht echte Dankbarkeit

Es braucht anfangs vielleicht etwas Übung, aber im Grunde ist es ganz leicht. Es geht – du ahnst es schon – um den Fokus. Den Fokus zu richten auf die guten Dinge im Leben. Und das fängt schon frühmorgens an, wenn du mit allen Sinnen deinen Kaffee oder Tee genießt und dankbar dafür bist, gemütlich zu Hause im Warmen zu sitzen. Du könntest dankbar darüber sein, so viele Klamotten im Schrank zu haben, dass du dich manchmal nicht mal entscheiden kannst, was du anziehen willst. Du könntest dankbar sein, dass du ein Auto besitzt, das dich gemütlich zur Arbeit bringt. Oder, wenn du mit den Öffis fährst, dafür, dass du im trockenen Bus oder der Bahn sitzen darfst, während es draußen Bindfäden regnet.

Richte während der Arbeit deinen Fokus auf die lieben Kollegen, die du hast. Falls du einen Chef haben solltest, der ein richtiges Arschloch ist, musst du das sicher nicht toll finden, könntest aber dankbar dafür sein, dass euch das als Team noch mehr zusammenschweißt. Vielleicht bist du dankbar dafür, dass ihr eine Kantine habt und du dir nicht jeden Tag Essen mit auf die Arbeit nehmen musst. In der Mittagspause könntest du dankbar sein für die Sonne, die nun durchkommt, und dafür, dass du Gleitzeit hast und dir nach dem Essen nun noch ein bisschen die Beine vertreten kannst. Vielleicht bist du dankbar für eine Kollegin, die dir in einem Projekt unter die Arme greift, und sagst ihr das auch.

Wenn du dich dann auf den Heimweg machst, könntest du dich darüber freuen, dass es noch hell ist, und dankbar sein, dass du nun zu einer lieben Familie oder einem tollen Partner nach Hause fährst. Vielleicht freust du dich auch einfach auf die zwei süßen Katzen, die daheim schon hungrig auf dich warten. Du könntest dich zu Hause darüber freuen, dass deine Grünpflanzen dieses Jahr so toll wachsen und blühen. Vielleicht bist du besonders dankbar dafür, dass dein Partner schon ein Abendessen vorbereitet hat, oder du zeigst deine Dankbarkeit ihm gegenüber, indem du das Essen selbst zubereitest. Dein Nachbar kommt vorbei und bringt dir ein Päckchen, dass er für dich angenommen hat. Du könntest deine Dankbarkeit darüber, dass du so eine tolle Nachbarschaft hast, etwas deutlicher spüren und diese auch ausdrücken. Abends telefonierst du mit deiner alten Mutter und bist dankbar dafür, dass du sie noch hast. Vielleicht treibst du noch ein bisschen Sport und erfreust dich an deinem gesunden Körper. Ist es nicht toll, so gesund zu sein und das auch bis in die letzte Faser deines Körpers zu spüren?
Ich könnte das jetzt noch ewig so weiterführen. Aber ich denke, du hast verstanden, dass es darum geht, sich auch im Alltag an all dem zu erfreuen, was du finden kannst. Manchmal dauert es einen Moment, bis wir etwas Positives

aus einer Situation herleiten können. Deswegen ist es aber nicht weniger wahr! Natürlich darfst du auch über die *„großen Dinge"* in deinem Leben dankbar und froh sein, zum Beispiel das wunderschöne Heim, in dem du lebst, und das gesicherte Einkommen, über das du frei verfügen kannst. Sich mit anderen zu vergleichen ist nicht förderlich, sich aber selbst klarzumachen, wie gut wir uns oder sich unsere Situation entwickelt hat, tut gut und motiviert uns, weiterhin dranzubleiben. Du kannst sogar dankbar darüber sein, dass Probleme nicht oder nur in geringem Ausmaß eingetreten sind. Übrigens zeigen Studien, dass 85 Prozent aller Probleme, die wir befürchten, niemals eintreten, und die 15 Prozent der echten Probleme leichter lösbar sind, als wir glauben. Ein gesunder Optimismus ist also sogar wissenschaftlich betrachtet eine valide Einstellung, die einen entspannten Rückenschwimmer ausmacht.

ABSCHIED

UND EIN LETZTER IMPULS: EINFACH MAL MACHEN!

So. Bevor ich mich nun erst einmal von dir verabschiede, möchte ich dir noch ein paar Abschiedsworte mit auf den Weg geben:

Jetzt geht es darum, einfach mal zu machen!
Dem Perfektionismus den Stinkefinger zu zeigen und loszu legen. Mehr oder weniger gut vorbereitet, egal!

Heute ist die gute alte Zeit, von der wir in ein paar Jahren sprechen werden.

Denn jedes Gefühl hinterlässt eine Spur im Gehirn. Dieses Wissen verdanken wir Hightechgeräten, die genau zeigen, welche Areale im limbischen System bei Angst, Freude oder Trauer aktiviert werden. Deshalb wissen wir heute auch, dass jede noch so kleine Mutprobe für neue Verknüpfungen der Nervenzellen sorgt.

Egal ob wir es wagen, Schwäche zu zeigen, eine fremde Person anzusprechen, eine Präsentation vor vielen Menschen zu halten oder in ein unbekanntes Land zu reisen: Je mehr solcher Mutproben ein Mensch absolviert, desto mehr Synapsen schalten sich dafür im Gehirn zusammen und desto

umfangreicher ist die Datenmenge, auf die wir in weniger guten Zeiten zurückgreifen können. Denn auch weniger gute Zeiten sind ein ganz normaler Bestandteil eines ansonsten sehr guten Lebens.
Auch wenn ich es an anderer Stelle schon einmal erwähnt habe: Es geht nicht darum, von allem das Beste zu haben. Es geht um eine innere Geisteshaltung, die uns Sicherheit und Halt gibt, das Gefühl unserer Selbstwirksamkeit erhöht und damit wiederum unser Urvertrauen stärkt und zu innerem Frieden führt: die Grundhaltung, das Wissen, dass wir nicht immer von allem das Beste haben müssen, aber jederzeit in der Lage sind, aus allem – aber auch wirklich allem – das Beste zu machen!

Manche Dinge und insbesondere andere Menschen können wir vielleicht nicht ändern. Aber wir können uns und die Sichtweise auf diese Dinge und Menschen verändern. Und wenn wir selbst das – aus was für Gründen auch immer – nicht können, so bleibt uns noch immer eine Wahl. Zum Beispiel die Entscheidung, eine Situation zu verlassen und uns selbst neu auszurichten. Denn wir erschaffen uns, unsere Welt und unser Erleben in jedem einzelnen Moment neu!

Für dein Leben wünsche ich dir:

- *Offenheit , um dein großartiges Potenzial zu erahnen,*
- *Mut, um dich auszurichten,*
- *Klarheit, um deinen Weg zu erkennen,*
- *Ausdauer, um diesen Weg auch langfristig zu beschreiten,*
- *gefühlte Erfolgserlebnisse, die deine Ausdauer regelmäßig füttern,*
- *Momente voller Dankbarkeit für das Erreichte,*
- *Hoffnung, die dich über auch über Stolpersteine tragen kann,*
- *Gelassenheit und radikale Selbstliebe, wenn du doch mal stolpern solltest,*

UND vor allen Dingen

- *Gewissheit, dass immer etwas Großartiges nur darauf wartet, von dir erlebt zu werden!*

Nun möchte ich dir noch Danke sagen: Danke, dass du dieses Buch gelesen hast. Und danke auch dafür, dass ich dich ein kurzes Stück auf deinem Weg zu deinem persönlichen Wunschkonzert begleiten durfte.

Wollen wir in Kontakt bleiben?

Du findest mich auf

Facebook: Annette Naumann und
Instagram: annette_naumann_ffm.

Ich freue mich, wenn du mir schreibst, wie dir dieses Buch gefallen hat.

DANK

Ich war früher mal ein Mensch, der am liebsten alles allein gemacht hat. Das ist bei einem Buch unmöglich! Inzwischen kann ich zum Glück ja auch mit gutem Gefühl Unterstützung annehmen. Und die brauchte ich zuhauf!

Ich danke zunächst einmal meinen Assistentinnen Laura und Manu und den Institutsassistentinnen Andrea und Nora, die es immer wieder geschafft haben, die Praxis (und zum Teil auch mich) zu organisieren und mir so gut den Rücken freizuhalten, dass ich es trotz all der Termine geschafft habe, konsequent und kontinuierlich am Buch zu arbeiten. Ihr seid der Hammer!

Ich danke meinen wunderbaren Klienten und Patienten, von denen ich ganz viel lernen durfte, dafür, dass sie mir ihr Vertrauen schenken. Außerdem bedanke ich mich dafür, dass ich die teilweise daraus abgeleiteten Erkenntnisse mit abgeänderten Namen als *„Beispiele aus der Praxis“* in diesem Werk verwenden darf. Ich stehe jeden Morgen gern auf und freue mich auf die Arbeit mit euch.

Ich danke all meinen klugen und großartigen Lehrern. Ihr hattet es manchmal echt nicht leicht mit mir. Doch wenn ich all das lernen konnte, kann es auch jeder andere!

Ich danke meiner Buchcoachin Fitore Brahimi. Du bist wunderbar und sprudelst nur so vor tollen Ideen! Wenn ich dich nicht kennengelernt hätte, wäre die Geburt dieses Buches sicherweit nach hinten geschoben worden, und es wäre vermutlich nur halb so gut.

Danke an meine Medien-Designerin Kathrin Sachse, die mich schon längere Zeit begleitet, mich bei diversen Projekten immer hervorragend unterstützt hat und für dieses Buch das Cover und die Grafiken designt hat. Schon der erste Entwurf war *„Liebe auf den ersten Blick"*. Danke auch für die ein oder andere Telefonstunde, um mir irgendwelche zeitraufreibenden Flausen auszutreiben!

Danke an meine Lektorin Isabelle Romann, die mich geduldig und unfassbar flexibel im gesamten Projekt unterstützt hat. Auch wenn wir uns noch nicht lange kennen – ich weiß schon jetzt, dass wir auch im nächsten Projekt zusammenarbeiten werden. ;-)

Ein Riesen-Danke auch an meine Assistentin Manu, die sich neben all ihren anderen unzähligen Aufgaben auch noch großartig in das Thema Buchsatz hineingefuchst hat, und sich für diesen verantwortlich zeichnet. Gut gemacht! Manu du bist eigentlich (eigentlich ist Insider!:-)) ein Stehaufmännchen und ich bewundere aus vollem Herzen deine niemalsenden wollende Hartnäckigkeit!

Ein ganz besonderer Dank gilt auch meinen guten und langjährigen Freunden Uli und Dragan, Dagi und Rudi, Tini und Dirk. Ihr spendet mir Mut, gebt mir Halt und Vertrauen und seid inzwischen ein Teil meiner Familie. Ohne euch ist es nur halb so schön.

Ich danke meiner Familie so sehr!

Insbesondere meiner liebevollen und warmherzigen 85-jährigen Mutter, die eigentlich gern mehr Zeit mit mir verbringen möchte und sich doch nie beklagt, weil sie weiß, wie sehr ich meine Arbeit liebe und wie wichtig mir diese ist. Danke, Mama! Du bist mit deinen 85 Jahren noch immer eine Frohnatur und

die beste Mutter, die ich kriegen konnte! Selbst wenn ich kein einziges Exemplar dieses Buches verkaufen würde, wärst du stolz auf mich.
Ich danke meinen Kindern, die schon ziemlich erwachsen sind, hinter mir und meiner Arbeit stehen und – obwohl sie größtenteils schon ihre eigenen Wege gehen – immer wieder zu uns nach Hause finden. Manchmal bin ich dann, ausgerechnet in diesen wertvollen Momenten, beschäftigt. Noch ein Telefonat hier, noch eine Mailantwort da – und doch sind ein Teil meiner Gedanken und mein Herz immer und auf all euren Wegen bei euch. Ich bin sehr stolz auf euch und auch darauf, dass ihr stolz auf mich seid!

Dank gilt übrigens auch unserem Zottelhund Lotta. Das junge, wilde Ding hat mich regelmäßig in den Wald gezerrt und mir die dringend benötigte Bewegung verschafft. Die kurzen Kraulund Schmusepausen halfen wunderbar, meinen manchmal verwirrten Kopf zu klären. Auch wenn du im Garten immer riesige Krater buddelst und noch immer regelmäßig Essen stiehlst – du gehörst nach einem Jahr auch längst zur Familie!

Abschließend danke ich vor allem auch meinem wunderbaren Mann Dirk, der mich und unsere gemeinsame Inselzeit über einen ziemlich langen Zeitraum – in dem ich regelmäßig wie weggebeamt war – entbehrt hat. Letztens habe ich ihn zu einem unserer Freunde sagen hören: *„Ich bin froh, dass wir unter einem Dach leben, sonst würde ich sie gar nicht mehr sehen!"* Danke für deine Geduld. Danke dafür, dass du dir, nach meinen allabendlichen Rechercheund Schreibmarathons und bevor du schon mal ins Bett gegangen bist, regelmäßig noch die Zeit genommen hast, mich, immer noch am Schreibtisch sitzend, zu massieren, obwohl ich schon vor Stunden behauptet habe, ich käme auch gleich. Danke, dass du immer an mich glaubst und mich bei allen meinen Vorhaben unterstützt.

Ohne euch alle wäre das so nicht möglich gewesen. Danke!

ANHANG

LISTE ALLER WERTE

LISTE ALLER WERTE, DIE BEREITS DEFINIERT UND BESCHRIEBEN WURDEN, IN ALPHABETISCHER REIHENFOLGE:

A

Abenteuer
Achtsamkeit
Agilität
Aktivität
Aktualität
Akzeptanz
Altruismus
Andersartigkeit
Anerkennung
Anmut
Ansehen
Anstand
Ästhetik
Aufgeschlossenheit
Aufmerksamkeit
Ausdauer
Ausgeglichenheit
Ausgewogenheit
Authentizität

B

Begeisterung
Beharrlichkeit
Bescheidenheit
Besonnenheit

D

Dankbarkeit
Demut
Disziplin

E

Effektivität
Effizienz
Ehrlichkeit
Empathie
Engagement
Entscheidungsfreude

F

Fairness

Fantasie
Fleiß
Flexibilität
Freiheit
Freude
Freundlichkeit
Frieden
Fröhlichkeit
Fürsorglichkeit

G
Geduld
Gelassenheit
Gemütlichkeit
Gerechtigkeit
Gesundheit
Glaubwürdigkeit
Großzügigkeit
Güte

H
Harmonie
Herzlichkeit
Hilfsbereitschaft
Hingabe
Hoffnung
Höflichkeit
Humor

I
Idealismus
Individualität
Innovation
Inspiration
Integrität
Intelligenz
Interesse
Intuition

K
Klugheit
Konsequenz
Konservatismus
Kontrolle
Kreativität

L
Leidenschaft
Leichtigkeit
Liebenswürdigkeit
Loyalität

M
Mitgefühl
Motivation
Mut

N
Nachhaltigkeit
Nächstenliebe
Neutralität

O
Offenheit
Optimismus
Ordnungssinn

P

Pflichtgefühl
Pragmatismus
Präsenz
Präzision
Professionalität
Pünktlichkeit

R

Realismus
Redlichkeit
Resilienz
Respekt
Rücksichtnahme
Ruhe

S

Sanftmut
Sauberkeit
Selbstbestimmtheit
Selbstdisziplin
Selbstvertrauen
Sensibilität
Seriosität
Sicherheit
Solidarität
Sorgfalt
Sparsamkeit
Spaß
Standfestigkeit
Sympathie

T

Tapferkeit
Teamgeist
Teilen
Toleranz
Traditionsbewusstsein
Transparenz
Treue
Tüchtigkeit

U

Unabhängigkeit
Unbestechlichkeit

V

Verantwortung
Verbindlichkeit
Verlässlichkeit
Vertrauen
Vergebung

W

Wachsamkeit
Weisheit
Weitsicht
Willenskraft
Würde

Z

Zielstrebigkeit
Zuneigung
Zuverlässigkeit
Zuversicht

BONUSÜBUNG: SELBSTTEST LEBENSPHASEN

Alle Menschen durchlaufen in ihrem Leben verschiedene biologische und soziale Phasen, die durch unterschiedliche Aufgaben, Merkmale, aber auch bestimmte biologischoder sozialtypische Konflikte gekennzeichnet sind. In der Regel sind diese Phasen an das Lebensalter gekoppelt. Individuelle Unterschiede unterstreichen dabei nur die menschliche Vielfalt.

Vielleicht hilft es dir zu wissen, welche Aufgaben und Chancen sich dir zeigen werden, welche Schwierigkeiten ganz normal sind und dem altersgerechten Prozess entsprechen, oder es inspiriert dich sogar, bestimmte Herausforderungen zu meistern.

Du kannst diese Übung auf einem Notizzettel erledigen oder dich unter dem Link https://www.dein-wunschkonzert.com einloggen und das entsprechende Arbeitsblatt dort herunterladen. Das Passwort findest du im Anhang unter *„Zugangsdaten Downloadbereich"*.

Beantworte jede Frage zunächst, ohne groß darüber nachzudenken, indem du in jedem Bereich die für dich treffendste Aussage ankreuzt. Dann schau dir die Frage und deine Antwort noch einmal an. Könnte deine Antwort vielleicht nur Wunschdenken sein? Korrigiere die Antwort, falls das so sein sollte.

Im Anschluss wertest du deine Antworten aus und erhältst daraufhin die Auswertung, in welcher Lebensphase du dich aktuell befindest.

In der Tabelle darunter sind die Lebensphasen nach Phase, Alter, Aufgaben und Chancen und Herausforderungen aufgegliedert.

Bitte bedenke: Wir Menschen sind alle unterschiedlich und einzigartig. Und dieser Test ist nichts weiter als ein Mittel zur Reflexion.

1. Für mich ist aktuell besonders wichtig,

a. *meinen Beruf so auszuwählen, dass ich einen sinnvollen Beitrag leiste.*
b. *mir finanzielle Sicherheit für meinen späteren Ruhestand zu verschaffen.*
c. *dass ich in der Lage bin, für mich selbst zu sorgen.*
d. *das zu akzeptieren, was ich mit meinem Leben nicht erreicht habe.*
e. *meine letzte Chance zu nutzen, etwas wirklich Großes zu schaffen.*
f. *den richtigen beruflichen Weg zu wählen.*
g. *herauszufinden, was ich von meinem Leben erwarte.*

2. Meine zwischenmenschlichen Beziehungen gestalten sich gerade

a. *durch Meinungsverschiedenheiten, Unruhe und Änderungen, die ihre Ursache oft in meinem Wunsch haben, mehr über mich selbst herauszufinden.*
b. *durch den Wunsch, Bestätigung für die Richtigkeit meiner Lebensentscheidungen zu erhalten.*
c. *durch einen automatisierten Alltag, gleichzeitig aber auch durch ein Bedürfnis nach Unterstützung. Außerdem möchte ich endlich beruflich weiterkommen und im Job wertgeschätzt werden für all das, was ich tue.*
d. *durch das Gefühl von Stabilität und Wohlbefinden.*
e. *durch Oberflächlichkeit und einen ständigen Wechsel.*
f. *durch das Bedürfnis nach mehr Nähe und Unterstützung durch meine engen Freunde.*
g. *durch ein Wiedererwachen von widerstreitenden Gefühlen nach Geborgenheit und Unabhängigkeit.*

3. Eins meiner wichtigsten Ziele ist es,

a. *meine Gesundheit aufrechtzuerhalten.*
b. *unabhängig von meinem Elternhaus zu werden.*
c. *herauszufinden, was mir mein Leben nun bedeutet und was ich mit der Zeit, die mir noch bleibt, anfangen soll.*
d. *herauszufinden und zu entscheiden, was ich mit meinem Leben anfange.*
e. *genug Geld zu verdienen, um all das zu tun, was ich tun will.*
f. *herauszufinden, was für mich wirklich wichtig ist.*
g. *gesellschaftlich und sozial aktiv zu sein.*

4. Mein wichtigster Wert ist:

a. *Sicherheit*
b. *Selbstständigkeit*
c. *Leistung/Ansehen*
d. *Selbstidentität*
e. *Unabhängigkeit*
f. *Hingabe/Verpflichtung*
g. *Weisheit*

5. Mein Leben ist gerade

a. *voller Dringlichkeit, nach außen zu gehen und Erfolg zu haben.*
b. *eher behutsam und nicht so schnell. Ich möchte meine Erfahrungen mit anderen teilen.*
c. *schnell, unsicher, und alles ist unbestimmt.*
d. *stabil, alles ist getan, was getan werden musste.*
e. *voll auf Kurs. Ich steuere durch sicheres Fahrwasser.*
f. *gefühlt zu schnell vorbei, aber ich habe noch eine letzte Chance, es hinzukriegen.*
g. *ungewiss und voll von kritischen Entscheidungen.*

6. Die Zukunft

a. ist noch unklar, wird aber zunehmend wichtig für mich.
b. ist mir nicht so wichtig. Ich lebe im Hier und Jetzt und mache mich von allem Druck frei.
c. rennt mir davon – und meine Möglichkeiten gleich mit.
d. ist nicht so wichtig wie die Gegenwart.
e. ist nicht wichtig.
f. ist eine Zeit, über die ich mir irgendwann, aber nicht heute Gedanken mache.
g. ist begrenzt, und ich fühle, wie mich die Zeit so langsam mürbe macht.

7. In meinem Berufsleben

a. entwickle ich ein Gefühl für Macht.
b. interessiere ich mich für Macht, Politik und wichtige Netzwerke.
c. lerne ich gerade mehr über die Arbeitswelt im Allgemeinen.
d. treffe ich Entscheidungen.
e. bin ich in der Lage, Prozesse zu verbessern und Projekte auszuarbeiten und umzusetzen.
f. möchte ich Spuren hinterlassen.
g. kenne ich meine Kompetenzen und habe ein Verständnis von Führung entwickelt.

8. Meine Identität

a. hängt direkt mit meiner Leistung und meinem Erfolg im Job zusammen.
b. schwankt zwischen dem, was ich jetzt bin, und dem Wunsch nach Veränderung.
c. habe ich inzwischen gefunden. Ich habe gelernt, mich zu akzeptieren, wie ich bin.

d. ist eher zweifelhaft und hängt damit zusammen, ob ich gerade etwas Sinnvolles tue oder nicht.
e. hängt eng mit meiner Familie zusammen.
f. ist ziemlich festgelegt, auch wenn ich nicht immer zu 100 % zufrieden damit bin.
g. ist etwas, was ich scheinbar nicht steuern kann.

Auswertung

Frage	**Antwort**						
1	c	f	g	a	e	d	b
2	f	b	a	c	g	d	e
3	b	d	f	e	c	g	a
4	d	f	e	c	b	a	g
5	c	e	g	a	f	d	b
6	f	d	a	g	c	b	e
7	c	g	a	e	d	b	f
8	e	f	g	a	b	c	d
Phase	1	2	3	4	5	6	7

Lebensphasen schematisch dargestellt *(in Anlehnung an Sperry et al.,1977, und Schein, 1978)*

Phase	**Alter**	**Aufgaben und Chancen**	**Typische Konflikte**
1	Ablösung von der Familie (16 J. bis 22 J.)	Autonomie Selbstgenügsamkeit	Sicherheit Selbstständigkeit Eigene Entscheidungen treffen wollen
2	Erste Phase des Erwachsenseins (22 J. bis 29 J.)	Auswahl des ersten Berufweges Engere Bindung zu anderen Personen Sich festlegen in Bezug auf einen Partner Finden eines Platzes in der Gesellschaft Verlassen der Stammfamilie Gründung einer eigenen Familie	Sich beruflich „festlegen" Sich ausprobieren und herumexperimentieren Sich dem „Außen" präsentieren Auch finanziell unabhängig sein Periode voller Schaffenskraft und Energie
3	Übergang in die Dreißiger (29 J. bis 32 J.)	Suche nach persönlicher Identität Suche nach dem Sinn des Lebens Festsetzen zukünftiger Lebensziele Überprüfung der getroffenen Entscheidungen Konfrontationen der eigene Ideale mit der Wirklichkeit (Beruf, Ehe, Kinder)	Normen der Gesellschaft Eigene Bedingungen festlegen Sich nicht festlegen wollen Periode der Stabilisierung oder einer neuen bedeutsamen Neuorientierung Erkenntnis: „Ich wollte es doch besser machen!"

Phase	Alter	Aufgaben und Chancen	Typische Konflikte
4	Wurzeln schlagen (32 J. bis 39 J.)	Setzen von langfristigen Zielen Streben nach Anerkennung und Erfolg Sich etablieren Verwirklichung der getroffenen Entscheidungen	Sich immer noch nicht festlegen wollen Angst, dass man den „Zug" verpasst Abhängigkeit vom Lob anderer Entwicklung einer selbstbewussten, unabhängigen Persönlichkeit Stabilisieren und Etablieren
5	Übergang in der Mitte des Lebens (39 J. bis 43 J.)	Bestandsaufnahme im beruflichen und privaten Bereich Übergang oder Krise der Lebensmitte Gegenüberstellung der gemachten Zugeständnisse mit den eigenen Hoffnungen und Träumen Treffen neuer Entscheidungen	Der Übergang von nach „außen" auf nach „innen" gerichtet. Wertekonflikt? Altwerden Erkennen der eigenen Sterblichkeit (erste Anzeichen physischer Erscheinungen) Phase der Selbstkonfrontation „Halbzeit"

Phase	Alter	Aufgaben und Chancen	Typische Konflikte
6	Erneuerung/ Neue Stabilisierung (43 J. bis 50 J.)	Akzeptanz, dass Zeit endlich ist, und Begegnung mit der eigenen Sterblichkeit Autonomie Übernahme der Verantwortung für das eigene Leben Mit den Konsequenzen der getroffenen Entscheidungen leben lernen Sich wieder mehr den „schönen" Dingen zuwenden Familiäre Probleme durch das Heranwachsen der Kinder und die neue Qualität der Beziehung zum Partner bewältigen	Phase neuer Stabilisierung Neue Rollendefinition Keine Lust (oder Kraft) mehr für zu viel Verantwortung Sich befreien wollen von allem, was Kräfte zehrt Die eigene Rolle neu definieren

Phase	Alter	Aufgaben und Chancen	Typische Konflikte
7	Reife (50 J. bis 60 J.)	Akzeptanz dessen, was bisher erreicht wurde Weniger Beziehung, dafür jedoch tiefer Die Zukunft wird weniger wichtig, die Gegenwart ist wichtiger. Sich selbst akzeptieren und aufhören, die Eltern für die eigenen Probleme verantwortlich zu machen Akzeptanz der abnehmenden physischen und oft auch psychischen (nervlichen) Kraft Das Leben leichter und angenehmer gestalten Eine andere Qualität in der Beziehung zu den eigenen Kindern und evtl. Enkelkindern vertiefen Mit dem Wettbewerb Jüngerer klar kommen	Periode der Wertschätzung des Gewohnten und der eigenen Ansichten Sich räumlich verkleinern „Ich bin nicht besser als meine Eltern. "Abgeklärtheit" Weisheit „Ich komme in dieser Zeit nicht mehr klar."

ZUGANGSDATEN DOWNLOADBEREICH

Du kannst alle Übungen auf einem Notizzettel erledigen oder dich unter dem Link https://www.dein-wunschkonzert.com einloggen und das entsprechende Arbeitsblatt dort herunterladen.

Passwort: Dirigent

ABBILDUNGSVERZEICHNIS

Alle Abbildungen wurden nachgebildet von Kathrin Sachse, KS kreativ & sozial, Agentur für Medien-Design. Die Quellen, die mich dazu inspiriert haben, findest du in den Weblinks.

LITERATURVERZEICHNIS

Boszormenyi-Nagy, Ivan/Spark, Geraldine, M. (2006). *Unsichtbare Bindungen: Die Dynamik familiärer Systeme (Konzepte der Humanwissenschaften).*
Stuttgart: Klett-Cotta.

Brach, Tara (2012). *Radical Acceptance: Awakening the Love that Heals Fear and Shame (English Edition).*
New York: Random House.

Brach, Tara/Kahn-Ackermann, Susanne (2018). *Mit dem Herzen eines Buddha: Heilende Wege zu Selbstakzeptanz und Lebensfreude.*
München: O. W. Barth.

Eccles, John Carew (1994).
Wie das Selbst sein Gehirn steuert.
München: Piper.

Emmons, Robert (2008).
Vom Glück, dankbar zu sein. Eine Anleitung für den Alltag.
Frankfurt am Main: Campus.

Frederickson, Barbara L. (2011).
Die Macht der guten Gefühle: Wie eine positive Haltung ihr Leben dauerhaft verändert.
Frankfurt am Main: Campus.

Frederickson, Barbara L. (2014).
Die Macht der Liebe: Ein neuer Blick auf das größte Gefühl.
Frankfurt am Main: Campus.

Freitag, Erhard F. (2002).
Kraftzentrale Unterbewusstsein. Hilfe aus dem Unbewussten.
München: Goldmann.

Grey, Walter William (1967).
The Living Brain.
London: Penguin.

Hantel-Quitmann, Wolfgang (2017).
Die Othello-Falle: Du sollst nicht alles glauben, was du denkst.
Stuttgart: Klett-Cotta.

Hassler, Rolf (1971).
Regulation der psychischen Aktivität.
Hirnforschung und Psychiatrie. Berlin: Colloquium Verlag.

Hawlik, Andreas/Grön, Georg/Gahr, Maximilian (2016).
Das psychopathologische Phänomen Grübeln. Nervenheilkunde, 35(9), 591-596.

Hoffmann, Nicolas/Hofmann, Birgit (2011).
Zwanghaftes Grübeln. In Nicolas Hoffmann/Birgit Hofmann (Hrsg.), Wenn Zwänge das Leben einengen (S. 95-103). Berlin/Heidelberg: Springer.

Hüther, Gerald (2016).
Mit Freude lernen – ein Leben lang.
Göttingen: Vandenhoeck & Ruprecht.

Lauterbach, Ute (2013).
Raus aus dem Gedankenkarussell: Wie Sie leidige Gedanken und Grübelattacken genüsslich ins Leere laufen lassen.
München: Kösel.

Lievegoed, Bernard (2001).
Lebenskrisen – Lebenschancen. Die Entwicklung des Menschen zwischen Kindheit und Alter.
München: Kösel.

Murphy, Joseph (2000).
Die Macht Ihres Unterbewusstseins.
Genf: Ariston.

Potreck-Rose, Friederike/Jacob, Gitta (2003).
Selbstzuwendung, Selbstakzeptanz, Selbstvertrauen. Psychotherapeutische Interventionen zum Aufbau von Selbstwertgefühl.
Stuttgart: Klett-Cotta.

Roth, Gerhard (2021). Über den Menschen. Berlin: Suhrkamp.

Schein, Edgar H. (1978).
Career Dynamics. Matching Individual and Organizational Needs.
Bosten, MA: Addison Wesley.

Silva, José/Stone, Robert B. (1991).
Der Silva-Mind Schlüssel zum inneren Helfer.
München: Heyne.

Sperry, Len et al. (1977).
You Can Make It Happen. Guide to Selfactualization and Organizational Change.
Boston, MA: AddisonWesley.

Tepperwein, Kurt (2000).
Kraftquelle Mentaltraining: Eine umfassende Methode das Leben selbst zu gestalten.
München: Goldmann.

WEBLINKS

Aristoteles (o. J.)
--> *online verfügbar unter:*
https://de.wikipedia.org/wiki/Aristoteles

Bach, Dominik R. (2013). Das bayesianische Gehirn
--> *online verfügbar unter:* https://www.spektrum.de/magazin/das-bayesia-nischegehirn/1214040

Baller, Gaby/Schaller, Bernhard (2009). Klinikalltag: Über die Kraft der Spiegelneuronen
--> *online verfügbar unter:*
https://www.aerzteblatt.de/pdf.asp?id=67024

Bernstein Centers for Computational Neuroscience (2008). Gehirn: Entscheidungen fallen zuerst unbewusst.
Wissenschaftler entschlüsseln neuronalen Prozess der Entscheidungsfindung
--> *online verfügbar unter:* https://www.scinexx.de/news/technik/gehirn-entscheidungenfallen-zuerst-unbewusst/

Biologie.de (o. J.)
Aufsteigendes retikuläres Aktivierungssystem
--> *online verfügbar unter:*
https://www.biologie-seite.de/Biologie/Aufsteigendes_retikul%C3%A4res_Aktivierungssystem

Bossmann, Ulrike (o. J.).
Grübeln stoppen: 10 hochwirksame Methoden, um aus dem Gedankenkarussell auszusteigen
--> *online verfügbar unter:* https://soulsweet.de/gruebeln-stoppen/

Deneke, Sinidu (o. J.). Konflikteisberg
--> *online verfügbar unter:*
https://mediation-zugewandt.de/eisbergmodell/

Katie, Byron (2021). The Work
--> *online verfügbar unter:*
https://thework.com/sites/de/

Lindau, Veit (2013).
Heirate dich selbst: Wie radikale Selbstliebe unser Leben revolutioniert
--> online verfügbar unter:
https://veitlindau.com/heirate-dich-selbst/

Lucius Annaeus Seneca (o. J.)
--> *online verfügbar unter:*
https://de.wikipedia.org/wiki/Seneca

Keller, Helen (2017).
Die Macht des Unterbewusstseins
--> *online verfügbar unter:* https://gedankenwelt.de/interessantes-zu-freuds-theorie-ueberdas-unterbewusstsein/

Koch, Viktoria (2018).
Der Tag sollte nicht mit Nachrichten anfangen: Wie ihr Stress effektiv vermeidet
--> *online verfügbar unter:* https://spreewild.de/interview/2018/03/jacob-drachenberginterview-stressbewaeltigung/index.html

Krämer, Tanja (2013). Schaltkreise der Motivation
--> *online verfügbar unter:* https://www.dasgehirn.info/denken/motivation/schaltkreisedermotivation

Kreichgauer, Karl (o. J.). Glücksarchiv
--> *online verfügbar unter:*
https://www.gluecksarchiv.de/

Krüger, Nancy (2020).
Jetzt mal im Ernst, wer bin ich wirklich?
--> *online verfügbar unter:*
https://www.fuckluckygohappy.de/jetzt-mal-im-ernst-werbin-ichwirklich/

Kupferschmidt, Kai (2010). Die große Illusion
--> *online verfügbar:* https://www.pnn.de/wissenschaft/ueberregional/von-kai-kupferschmidt-die-grosse-illusion/22147512.html

Mai, Jochen (2018).
Die Karriere-Bibel: Definitiv alles, was Sie für ihren beruflichen Erfolg wissen müssen
--> *online verfügbar unter:*
https://karrierebibel.de

Mai, Jochen (2021). Macht der Gedanken: Wie sie wirkt, wie Sie diese positiv nutzen --> *online verfügbar unter:* https://karrierebibel.de/gedanken/

Max-Planck-Institut für Kognitionsund Neurowissenschaften (o. J). Neuropyschologie
--> *online verfügbar unter:*
https://www.cbs.mpg.de/abteilungen/neuropsychologie

Pelz, Waldemar (o. J.).
Willenskraft (Volition) = Umsetzungskompetenz wirksam stärken
--> *online verfügbar unter:*
https://www.willenskraft.net/

Perspektive-Mittelstand.de (2006). Die Psychologie der Dank barkeit
--> *online verfügbar unter:*
https://www.perspektive-mittelstand.de/Die-Psychologie-derDankbarkeit-Oder-9-richtig-gute-Gruende-um-gluecklich-zu-sein/ pressemitteilung/1546.html

PSYLEX.de (2021).
Gewalt und psychische Störungen, Erkrankungen
--> *online verfügbar unter:*
https://psylex.de/stoerung/gewalt/

Reinberger, Stefanie (2011). Spieglein, Spieglein im Gehirn
--> *online verfügbar unter:* https://www.dasgehirn.info/denken/im-kopf-der-anderen/spieglein-spieglein-im-gehirn

Seth, Anil K. (2020). Unsere inneren Universen
--> *online verfügbar unter:* https://www.spektrum.de/news/unsere-inneren-universen/1696550

Trigon Entwicklungsberatung (2019).
Erkenne dich selbst. Die Lebensphasen des Menschen
--> *online verfügbar unter:*
https://www.trigon.at/artikel/trigon-themen-032019-erkenne-dichselbst-die-lebensphasen-des-menschen/

Wertesystem.de (o. J.) Alle Werte Lexikon
--> online verfügbar unter:
https://www.wertesysteme.de/alle-werte-definitionen/

Alle Literaturhinweise und Weblinks wurden sorgfältig recherchiert und erheben keinen Anspruch auf Vollständigkeit.

Printed in Poland
by Amazon Fulfillment
Poland Sp. z o.o., Wrocław

31157944R00105